马国兴　王彦艳　主编

风铃鸟系列美文读物

一只鸡蛋的温暖

文心出版社
·郑州·

一只鸡蛋的温暖

讲　　究

○孙春平

　　大学新生入学,302 室住进八位女生。当晚,各位报了生日,便有了从大姐到八妹的排序,尽管都是同庚。

　　不久,大姐王玲的老爸来看女儿,搬进了一个水果箱,打开,便有十六个硕大红艳的苹果摆在了桌面上,每个足有半斤重,且个头极齐整。王玲抢着把苹果一字摆开,再让大家看,众姐妹更奇得闭不上眼了。原来每个苹果上还有一个字,合在一起是:"八人团结紧紧的,试看天下能怎的!"之后便笑,一幢楼都能听到八姐妹的笑声。王玲得意地告诉大家,说家里承包了果园,入夏时她老爸就让果农选出十六个苹果,并在每个苹果的阳面贴上一个字或标点符号,秋阳照,霜露打,便有了这般效果。这是老爸早就备下的对女儿考上大学的祝贺。五妹张燕是辽宁铁岭来的,跟赵本山是老乡,故意学着那个笑星的语气对王玲老爸说,"哎哟妈呀王叔,您老可真讲究啊!"众人再大笑,"讲究"从此便成了302室的专用词语,整天挂在了八姐妹的嘴上。

　　第二个来"讲究"的是三姐吴霞的妈妈,带来了八件针织衫,穿在八姐妹身上都合体不说,而且八件八个颜色,八人一齐走出去,便有了"赤橙黄绿青蓝紫,谁持彩练当空舞"的效果。吴霞说,妈妈在针织厂当厂长,这点讲究,小菜一碟。

年底的时候，二姐李韵的家里来了"钦差"，是爸爸单位的秘书，坐着小轿车，送给大家的礼物是每人一个皮挎包。女孩子挎在肩上，可装化妆品，也可装书本文具，款式新颖却不张扬，做工选料都极精致，只是都是清一色的棕色。但细看，就发现了"讲究"也是非比寻常，原来每只挎包盖面上都压印了一朵花，或蜡梅，或秋菊等，八花绽放，各不相同。李韵故作不屑，说一定又是年底开什么会了，哼，我爸就会假公济私。

每有家长来，并带来"讲究"的食品或礼物的时候，默不作声很少说话的是七妹赵小穗。别人喊着笑着接礼物，她则总是往后躲，直到最后才羞涩一笑，走上前去。所以，分到她手上的苹果，便只剩了两个标点符号，落到她肩上的挎包则印着扶桑花。有人说扶桑的老家在日本，又叫断头花，那个桑与伤同音，不吉利，便都躲着不拿它。每次，在姐妹们的笑语喧哗中，默声不语的赵小穗还总是很快将一杯沏好的热茶送到客人身边，并递上一个热毛巾。平日里，寝室里的热水几乎都是赵小穗打，扫地擦桌也是她干得多，大家对她的勤谨似乎已习以为常。大家还知她的家在山区乡下，穷，没手机，连电话都很少往家打，便没把她的那一份"讲究"挂在心上。

半学期很快过去，放寒假了，众姐妹兴高采烈再聚一起的时候，已有了春天的气息。那一晚，赵小穗打开旅行袋，在每人床头放了一小塑料袋葵花子仁儿，说："大家尝尝我们家乡的东西，瓜子儿不饱是片心吧，是我妈我爸自己种的，没用一点农药和化肥，百分之百的绿色食品。"

葵花子儿平常，可赵小穗送给大家的就不平常了，是剥了皮的仁儿，一颗颗那么饱满，那么均匀，熟得正是火候而又没一颗裂碎，满屋里立时溢满别样的焦香。

李韵拈起一颗在眼前看，说："葵花子儿嘛，要的就是嗑的过程中的那份情趣，怎么还剥了？是机器剥的吧？"

赵小穗说:"我爸说,大家功课都挺忙,嗑完还要打扫瓜子儿皮,就一颗颗替大家剥了。不过请放心,每次剥之前,我爸都仔细洗过手,比闹非典时的洗手过程都规范严格呢。"

王玲先发出了惊叹:"我天,每人一袋,足有一斤多,八个人就是十来斤,这可都是仁儿呀,那得剥多少? 你爸不干别的活儿啦?"

赵小穗的目光暗下来,低声说:"前年,为采石场排哑炮时,我爸被炸伤了,他出不了屋子了,地里的活都是我妈干⋯⋯"

吴霞问:"大叔伤在哪儿?"

赵小穗说:"两条腿都被炸没了,胳膊⋯⋯也只剩了一条。"

寝室里一下静下来,姐妹们眼里都噙了泪花。一条胳膊一只手的人啊,蜷在炕上,而且那不是剥,而是捏,一颗,一颗,又一颗⋯⋯

张燕再没了笑星般的幽默,她哑着嗓子说:"小穗,你不应该让大叔⋯⋯这么讲究了。"

赵小穗喃喃地说:"我给家里写信,讲了咱们寝室的故事。我爸说,别人家的姑娘是爸妈的心肝儿,我家的闺女也是爹娘的宝贝⋯⋯"

那一夜,爱说爱笑的姐妹们都不再说话,寝室里静静的,久久弥漫着葵花子儿的焦香。直到夜很深的时候,王玲才在黑暗中说:"我是大姐,提个建议,往后,都别让父母再为咱们讲究了,行吗?"

冬夜，一束灿烂的光

○聂鑫森

天很快就黑了。

沙、沙、沙，下起了雪粒子。

屋子里冷得很，空得很。

妈妈吃过晚饭就走了，去一家夜总会洗碗、洗杯子和扫地，剩下孤零零的小鹃。

妈妈昨夜在扫地时，从垃圾里拾起了几支半截的小蜡烛。妈妈告诉小鹃，夜总会里的灯光很暗，每张小桌上都点着小蜡烛，远看像好多好多的星子落在地上。

可惜，小鹃一次都没有去看过。她一边搓着冻僵的手，一边寻出蜡烛和火柴，小心翼翼地点着了，在一只小碟子里倒出一点点融化的烛油，再把蜡烛竖着粘上去，屋子里似乎暖和了很多。她摊开课本和作业本，开始做老师布置的作业。小蜡烛焰头小，光线影影绰绰。小鹃想再点一支，到底舍不得，谁知道这电会停到哪一天呢？

小鹃抬起头来，看着对面三楼明亮的窗口，那是亮子的家。亮子有爸爸有妈妈，家里什么都不缺，亮子一家人都对人和气，她觉得亮子真有福气。她想起因癌症而去世的爸爸，三年前，她才十岁，爸爸在病床上拉着她的手，说："小鹃，以后你要听妈妈的话。爸爸怕是不能陪你们了。"她想起妈妈，厂子不景气，下岗了，到一家夜总会去做临时工。因为厂子拖欠电费，连家属区也经常停电。

小鹃扑啦啦掉下泪来，一滴泪落在作业本上，把方程式中的一个"Y"字，泡得很胖。她揩干了泪，赶忙做起作业来。她得抓紧做完，然后尽快复习功课，这样可以节约蜡烛。

蜡烛的光摇晃着，缓缓流着红红的泪水。

突然，小鹃的面前亮出一大块光斑，像泼出的一泓银水。她的课本、作业本，她的冻得红红的手，都浸在这一泓银水中，模模糊糊的字变得很清晰。她吃了一惊，差点叫起来。

小鹃抬起头，追踪着射进玻璃窗的这一束光，到底来自哪里。

她看清了，来自对面三楼亮子家的窗口！

亮子的爸爸妈妈是另一个厂的，那个厂很红火，宿舍区也是亮堂堂的。两个宿舍区只隔着一道围墙，小鹃住的楼和亮子住的楼只是隔墙而立，距离很近，两家都在三楼上，窗口对着窗口。亮子和她同班，而且同桌。亮子多次请她到他家去做作业，她不去；要借充过电的节能灯给她，她也不要。她说："亮子，谢谢你。妈妈说，我们不能给人家添麻烦。"

在亮子家玻璃窗后面，高高地架着一个塑料空心圆筒，倾斜的圆筒里拴着一只很大的灯泡。一束很强的光从圆筒里射出来，像探照灯一样，正射到小鹃的桌上！

小鹃立刻明白了，是亮子想出的办法。当然，亮子的爸爸妈妈肯定也参与了。

小鹃站到窗前，想对着对面三楼说一句感激的话，但喉头像有什么东西哽住了，什么声音也发不出来。小鹃看见亮子的身影了，他把两边的窗帘拉向中间，只留下那个"探照灯"的位置，然后，亮子就隐到窗帘后面去了。

小鹃静静地坐下来做作业和复习功课。

她想:这个下雪的冬夜,这一束灿烂的光,将永远永远留在她的记忆里……

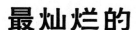

最灿烂的

○魏永贵

明天就是和同学们约着合影的日子。

小雅摇着妈妈的胳膊："妈妈，你说嘛，我明天是戴顶帽子，还是……还是到街上去买顶假发，你说嘛！"

床边的妈妈笑了，眼泪却悄悄流了出来。小雅没看见。小雅眼睛看着天花板。

妈妈说："傻丫头，我的女儿怎么都漂亮，是不是？"妈妈抚摩着小雅的头。

曾经美丽的小雅，现在，她的头上稀稀拉拉没有几根头发。

十五岁，花一样年纪的小雅得了不治之症。在经过了辗转的治疗之后，彻底绝望的妈妈等到的是医院的最后通知。长期的化疗让原本有一头乌黑秀发的小雅，几乎变成了秃头，红红的圆圆的小脸蛋儿也永远留在了相册里。

昨天，小雅提出了和同学们合影的要求。妈妈明白，聪明的小雅在离开这个世界之前想了结一桩心愿——和以前在一起的同学见最后一面并且合张影。女儿提这个要求的时候故意轻松地告诉妈妈："我好久好久没见同学了。"其实，小雅几个要好的同学到医院看过小雅几次。

妈妈理解小雅的心情,于是打电话和小雅的班主任商量明天到学校去,跟班上的同学合影留念。小雅妈妈在电话里说,这恐怕是小雅最后一次照相了。班主任叹息了一声,答应了。

明天就要去学校。现在,爱美又细心的小雅提出了用什么遮盖头顶这个现实的问题,妈妈一时没了主意。去买假发吧,大都是成年人的,而且颜色、样式也死板。买顶帽子吧,大夏天的,除非戴一顶太阳帽,可那太阳帽一般也是露顶的,反倒弄巧成拙。

小雅见妈妈还在那儿犹豫,就摸着自己光光的没剩下几根头发的头皮说:"其实呀,这样就好,到时候合影,我往同学们中间一坐,嘿,最显眼不说,而且还应了那个成语——聪明绝顶!是不是妈妈?"小雅咧开嘴,歪在妈妈怀里,笑了。

妈妈的眼睛又一次湿润了。

第二天,天空格外晴朗。妈妈用轮椅车推着小雅,走在去学校的路上。小雅头上戴着妈妈到商场精心挑选的时装软棉帽。妈妈问:"热吗,小雅?"小雅说:"凉快着呢,妈妈。"其实妈妈看见了,身体虚弱的小雅捂着这顶棉帽一定不舒服,棉帽的帽檐下是一圈细密的汗水。妈妈不忍心去惊动她。

小雅不时地扭头四望,一双凹陷的大眼睛忽闪忽闪的。小雅要最后看一眼上学路上那熟悉又陌生的风景。

"妈妈,到了,到学校了!我看见了班主任刘老师呢!"

学校的大门外,站着班主任刘老师。见到小雅和妈妈,刘老师急忙跑上前,亲了小雅一下后,从小雅妈妈手里接过了轮椅车。小雅兴奋地说:"刘老师,同学们呢?"刘老师低着头轻声说:"都等你好久了呢,呵呵,都晒出油来了呢!"

转眼间,小雅就被刘老师推进了校园。霎时,小雅呆了,小雅妈妈也呆了。

　　太阳下,绿色草坪上,排成阶梯式三排的同学,人人头上都顶着一只"瓢"似的,每一个同学,男学生,女学生,都剃了光头,在太阳下,几十个光脑袋反着光,那样辉煌,那样灿烂。小雅激动地甩掉了头上的棉帽,眼泪夺眶而出。坚强的小雅很久没有流眼泪了。

　　小雅听见了同学们震耳的声音:"王小雅,你好! 我们都爱你!"

等待录取通知的那个夏天

○胡　炎

那是我人生中最漫长的一个夏天。

我的高考成绩很不理想,仅高出本科录取线三分。如果幸运垂赐我,我会走进大学的校门,而一旦稍有闪失,我就会名落孙山。

我的忐忑在逼人的暑热里不断发酵、膨胀,我开始失眠。接着,我的饭量迅速减少,一点胃口也没有。不久,我就瘦得皮包骨头了。

父亲常年在外,有一天,他突然出现在了我的面前。

"陪爸爸到乡下转转吧。"父亲说。

我不大情愿,但又不愿让父亲失望。

我们骑着车,穿过郊区,一直到了县城。父亲似乎有用不完的力气,总骑在我前面。后来,我们到了一条河边。说是河,水却枯了,裸露的河床是一片开阔的沙滩。对岸一片树林,蓊蓊郁郁的。父亲说:"咱们到那儿乘凉。"沙子被日头烤得炭一样烫,脚刚踏上去,就被烫得跳起来。我唏嘘着,下意识地调转车头。父亲说:"都大男子汉了,还那么娇气?"说着,顾自在前边深一脚浅一脚走,虽吃力,却沉稳。我无奈,只得跟随。脚上的感觉渐渐只剩下了热,后来,连热也没有了,只有麻木。半小时后,父亲上了岸,我还有段距离。我不得不钦佩父亲。父亲向我招手,给我加油。我也上岸了,刹那间,我有点想哭。

树林里的确是个好地方,荫凉很厚,而且有风,把疲惫一点点地舔了去。坐下来举起双脚,才知父亲和我都有了轻微的灼伤。父亲说这算个什么呀,他小时候天天就这样光脚跑,一点事没有。但是父亲还是从附近掐了一些草,揉碎了,敷在我的脚上。过了会儿,父亲变戏法似的从沙子里扒出一颗花生来。这是农民收割遗留下的,父亲说这么大的沙滩,再翻找一遍至少能装满一个麻袋。父亲剥开花生,露出粉白的仁,放进嘴里轻轻一嚼,由于沙子的烘烤,竟格外的香甜。

我们拣了截树枝,不停地在沙土里翻拣着,果真找到了不少花生,品尝了一顿天然的美味。

父亲说:"现在感觉怎样?"

我笑了笑。我很久没有这么轻松地笑了。

父亲说:"再难的事,一咬牙,也就挺过来了。"

休息了一阵后,父亲还未尽兴。我们骑上车,又起程了。这次,我们进了一片农民收摘后的果林。父亲说:"这树上肯定还有果子,你能给爸爸摘一个解解渴吗?"我点点头。我很快发现了一个果子,但长得很高。我不怕,脱下鞋子爬树。爬到了粗大的树杈上,再爬,树枝越来越细,心里面越来越虚。我不能再爬了,但我很想把果子摘下来。这时,父亲在下边叫我:"下来吃果子了。"我循声望去,父亲的手里竟托着好几个果子!我爬下树,心灰又自惭。父亲拍拍我的头:"长果子的树不止一棵啊,总有适合你摘的。人活着,怎么能在一棵树上吊死呢?"

我默然无语。

第二天,父亲走了,我的心情却好了一些。我开始冷静地想一些事情,比如落榜后该怎么走,比如理想的院校未录取该怎么办。我有了思路,心中渐渐踏实了。

一段日子后,父亲又回来了。父亲拎上网,说:"咱们去河里捉鱼吧。"父亲过去捉鱼捉得上瘾,只是这些年调往异地,少有闲暇,很少下河了。

我们沿着过去经常捉鱼的河走着。该下网了,可父亲不下。父亲说:"走,往上游走。"这是我极熟悉的一条河,却又是我极陌生的一条河。人工的防护堤没了,花坛和草坪没了,代之以古朴的桑树、老槐,一人高的藤草,和愈来愈分不清路的小径。一股沟汊,两股沟汊……蜿蜒着,交汇起来。水清得像空气一样透明,螃蟹在临水的洞口和水中的石块上悠然地爬行……

我有些沉醉了。

父亲说:"多走几里路,不一样了吧?"

我使劲点点头。

父亲笑着从口袋里掏出一封信,递给我:"看看吧,你的。"我接过来,意外的惊喜让我一下子痴得手足无措:我被第一志愿录取了,幸运之神站在了我的身边!

父亲说:"祝贺你,孩子!以后,还得走得再远一些,像这河,追求无止境啊。"

我的泪潸然而下。我突然明白,我刚刚走过了我生命中一个至关重要的夏天。那是父亲给予我的夏天,让我受益终生。

卖报的男孩

○李培俊

　　男孩的报摊摆在红花巷一个楼梯旁边,狭小逼仄,夹在拥挤的商铺中间,不注意看,一转眼就错过去了。说是报摊,其实也就是一块杨木铺板,一边摆着要卖的各种报纸,另一边是免费供人阅读的画报和杂志。早上八点,男孩来到报摊前,坐到老式木椅上。这时候,太阳正好越过东边的楼顶,刷一下扑到男孩身上,镀出一张黄金般耀眼的脸。

　　男孩的生意挺不错。门板还没放下,报摊前早已人头攒动,热闹非凡。顾客们一边把油条包子往嘴里塞,一边把硬币纸币往铁盒里丢,然后,取报走人。

　　男孩一直不明白自己的生意为什么这样好。省城之大、报亭之多他是知道的,自己经营的报纸也和别人的一样,没什么特别之处——纸是一样的,字是一样的,图片也是一样的。咋都喜欢买自己的报呢?

　　这是男孩想了许久、想过很多次却始终没有想明白的问题。想不明白就不想了——想那些干什么呢? 白费力气。只要多卖几份报纸、多挣几块钱,能给上大学的弟弟多寄点钱,让他顺利完成学业,就行了。

　　卖报时男孩并不动手收钱。他面前放着个方方正正的铁盒子,是前年中秋节二姑送他的月饼盒。谁要什么报纸,自己从铺板上拿,然

—{ **013** }—

后把钱丢进铁盒里。若是硬币,铁盒子便会发出叮当一声响,那声音极其悦耳,极其动听,男孩便微微一笑,欠身点头致谢。如是纸币,买报人会交代一声:我放的是纸币啊。男孩又是微微一笑,又是欠身点头,然后,冒出一句港台腔:塞塞——塞塞——名演员似的,透着二十岁男孩的俏皮和可爱。

三年前,男孩眼里的世界五彩缤纷、光鲜动人。一场突如其来的高烧过后,世界在男孩眼里全变了,黑暗成为一切,一切成为黑暗。失落、绝望击倒了他。那天晚上,他从枕头下抽出藏刀,锋利的刀刃伸向手腕……

弟弟把男孩唤醒了,或者说是弟弟一个梦呓把男孩唤醒了。藏刀触及皮肤,男孩感到丝丝冰凉。此时,对面房间睡着的弟弟在饮泣中发出一声轻唤:哥哥——他放下藏刀,摸索着走进弟弟房间,在床头坐了整整一夜。他说:弟弟,哥哥再也不干傻事了。哥哥要把你抚养成人,以告慰死去的父母……

于是,红花巷有了男孩的报摊。

靠着男孩的报摊,弟弟念完高中,弟弟走进了大学。

晚上,男孩盘腿坐在床上,把铁盒里的钱倒出来。先把纸币一张张码整齐,数上一遍,再把硬币拢到一起数,数完,便有一抹笑意爬上男孩的嘴角。男孩笑起来很可爱,眉梢上挑,嘴角成了一个圆弧,俏皮中带着点甜味。他说:弟弟,你知道今天哥哥卖了多少吗?你不知道。你没在家,当然不知道。告诉你吧,哥哥卖出去四百三十份!弟弟说:我知道,我哥是最棒的,比明眼人卖得还多!男孩说:明天我就把生活费寄过去。一个人在外边,别太节省了啊!吃得多多的,身子养得棒棒的。弟弟带着哭腔说:哥哥,别太辛苦了,照顾好自己啊……

弟弟没在,弟弟的"声音"来自男孩的心里。

男孩睡了,睡着的时候,男孩还在笑。

又是一个阳光很好的早晨,男孩照例坐在报摊前,阳光照例把男孩染成了金黄色。一个小男孩来买报纸,他说:大哥哥,我要一份晚报。男孩问道:你看? 你这么小。小男孩说:不是,是我爸让买的。男孩问:你家住在附近吗? 小男孩说:不是,住在百花街。男孩说,你们那里不是有报亭吗? 小男孩说:我爸昨天去上海了,临走前嘱咐我一定来买你的报纸。

买过报纸,小男孩没走,仍站在报摊前。男孩说:你还有事吗? 小男孩说:我在看你背后那个纸板。男孩很奇怪:纸板? 我背后有纸板? 小男孩说:上面还有字。男孩说:能给我念念吗? 小男孩说:我上二年级,有的字不认识。男孩说:拣你认识的念。小男孩念了起来,虽然念得磕磕巴巴的,但男孩还是听懂了意思:

"卖报的是个盲人,也是强大的人,靠这个小报摊,把弟弟送进大学。请您施以援手,送上一份关爱吧。"

男孩哭了,很感动。他不知道纸板是谁写的,又是什么时候钉上去的。

资　助

○吴克龙

　　拿到大学录取通知书后,她哭了。但她落下的不是兴奋的泪,而是苦涩、无奈的泪。因为她明白,家里为了给母亲治病,已经欠下了近五万元的债,这样的家庭状况,是无法供她上大学的。

　　她不甘心失去上大学的机会。她告诉父母,她要自己借钱上大学。父母也许是因为内疚,同意了她的想法。

　　上大学的费用,一年就需要一万多。到哪里去借?向谁借?想来想去,她想到了在广东打工的一位亲戚,她用同学的手机,拨通了电话。

　　他的手机却响了。他一看是陌生的号码,犹豫了一下,还是接了。

　　他问她是谁,她说出了自己的姓名。之后,她把家里的情况告诉了他,她想请他帮忙,借钱给她。

　　他明白了,半天没有说话。她说,如果有难处就算了。他听见她哭了,他没有再多想什么,对她说,大学一定要上,钱,他借给她。他问她钱寄往哪里,她告诉了他。她还说,大学毕业后,这钱一定会还他。

　　一个星期后,她收到了两万元的汇款单,她好高兴。她仔细看完了汇款单,却感到莫名其妙。汇款单不是从广东寄来的,而是从邻县的某乡寄来的,汇款人也不是她在广东的亲戚,汇款人栏填写的是

"资助"。看了汇款单的附言,她才知道,那天她打错了电话。

她想知道"资助"是谁。她去找了那位同学,从手机中调出了那天她拨打的手机号码。

她问他是谁,住在什么地方。他没有说。她问他为什么要寄钱给她这个陌生人。他说,不为什么,就是想资助她上大学。她说,她不要一个陌生人的资助。他说,就算是借的。她问以后怎么联系。他说就打这个电话。她要见他,他说没必要。她告诉他,她记住了这个电话号码,以后有了钱,她一定要找到他,还给他。

大学四年,她利用所有的假期打工,他也常常寄一些钱给她。四年的时间,她对他产生了一种难以言说的情感,他也一直牵挂着她。

大学毕业后,她顺利找到了工作。在这一年的"五一"长假里,她回了家。回家的第一件事,就是去找他。

她通过电信局服务台查到了他的真实姓名和家庭住址。她给他去了电话,告诉他,一定要见他。

他慌了,不知如何是好。想来想去,他还是同意了她的要求。他告诉她,第二天上午十点在村前的那座小桥上见。他让她去找一个戴着破草帽的人。

第二天上午十点钟,她准时来到了小桥上。在桥头,果然看见了一个头戴破草帽的人。这人看上去有七十岁左右。她怀疑,这人难道就是他吗?

老人说话了,老人问她是不是那个女大学生。她说是的。

老人让她坐下来,给她讲了一个故事。

老人说,有一个孩子,从小就失去了父母,是爷爷把他拉扯大的。这孩子从小就立志要考上大学,所以他从小学到高中一直都很努力,最后也如愿考上了大学。谁知离报到还有三天,他出了车祸,从此失去了双腿。出院以后,他只有整天坐在轮椅上。他的大学梦破灭了,

他哭了好长时间。一天,他接到了一个陌生女孩打来的电话,得知那个女孩想上大学却没有钱。他知道女孩打错了电话,但是他很同情她,就寄了两万元给她。那个女孩最终上了大学,他知道以后很高兴。

她静静地听老人讲着。她已经听出了老人讲的那个"孩子"是谁,她的眼里早已噙满了泪水。老人告诉她,那个孩子就是自己的孙子,就是她想见的那个人。她问老人,他哪儿来的那么多钱?老人告诉她,那孩子出事后,肇事者赔偿了十一万。她又问老人,他现在在哪儿?她要见他。老人说,他早上被一位亲戚接走了,他以后不再回这里了。

她很失望,泪眼模糊地望着天空,任凭泪水从眼里流出。

她对老人说,她一定要找到他。

老人站在桥头,目送着她渐渐远去的背影,无奈地摇了摇头。然后,老人去了离桥不远的那片小树林,推起藏在小树林里的轮椅,缓慢地向家中走去。

他就坐在轮椅上,一直在望着她。

浅黑紫色口红

○王琼华

念大学时，我和雨婷、小芳、关琦几个人同住一个寝室。闲时，无话不聊，这其中一个久嚼不厌的话题就是：扮靓。有一回，我买回一条格子短裙，她们竟然要求我放弃"首穿权"，先让她们轮流穿一天。还没等我点头，小芳手快，夺过裙子就往身上一套。接着，她抬起下巴，挺胸，收腹，迈出猫步，好像登上了巴黎"T"形舞台。后来，本室任何人的衣服都是共享，还有其他东西也共用着，比如休闲包、发夹、胸花……

寝室中唯一谢绝共享的东西就是口红。而且，几支口红，几种色型。雨婷爱用绯红，小芳喜欢桃红，关琦使用橘红，我一般用水晶型口红。

一天早晨，我突然发现什么，朝小芳和关琦嚷道："你们看呀，雨婷她换了口红，还是浅黑紫色的呢。"

雨婷照照镜子，说："我今天没涂口红啊。这阵子我也奇怪，唇色深了很多。"

小芳凑上前，看了一眼就猜着："恐怕口红过敏吧。痒吗?"雨婷摇摇头。

我出生在中医世家。一个激灵，让我很认真地问："恐怕身体原因吧。雨婷,你感觉这阵子身体有没有变化?"

"心闷,有时好像还喘不过气来。"

当天,医生让她做心电图检查。结果一出来,让我们几个猛地吸了一口冷气。雨婷有心脏病!

医生还说,嘴唇变色也是心脏病患者的一种体征。

当即,雨婷傻了眼。

她想哭,使劲抱着我。我赶紧连连拍她的肩膀,说:"别激动。医生刚才说了,你的病还是初期,不严重,吃药能吃好的。"医生又补充了一句:"不过心情好更重要。"

小芳嘀咕着:"有病怎么会有好心情?"关琦说:"乌鸦嘴!"

当天晚上,雨婷好容易才睡着,却又在半夜尖叫着:"来人啊,我的心脏不跳了。"她的声音吓得我们惊惶失措爬了起来。半晌,大家才把一口气喘出来,又一起安慰还喘着粗气的雨婷。

第二天早晨,我们起床洗脸、刷牙、穿衣服,还有涂口红。在圆镜前,雨婷拿起口红,又无力地垂下了手。

我跟小芳、关琦私下嘀咕,怎么办呢?雨婷看到我们的嘴唇很受刺激,这不利于她治病。小芳拧拧眉头,嘟哝着,要不大家戴口罩。关琦瞪了一眼,又不是SARS流行,戴口罩怎行呢?小芳拱拱鼻子,还不是担心自己一张美人脸被遮掉才不肯戴口罩,这世上还真有人把男生的回头率当饭吃。我看小芳和关琦又要打"舌战",叫道:"别闹了行吧。我们在救人,知道吧,这类病人心理慰藉比吃药还重要!"

上课时,我走神。

因为,我几次侧目看雨婷,她都是恹恹发呆。还有,她今天没涂口红。她在拒绝涂口红,她的心理防线在崩溃。有什么好法子让她的心情好一些呢?我琢磨了两节课,还是一无所获。只得轻叹一声,又侧头瞅了瞅雨婷。突然,一个念头猛地蹦进我的脑海里。

下课时,我匆匆上街,买了几支口红回来。接着,我和小芳、关琦三个人都成了浅黑紫色嘴唇。

雨婷一见,呆了。

我逗着:"性感吧?"

雨婷的泪水落了下来,接着露出了笑脸。

两天后,班里所有的女生都用上了浅黑紫色口红。接着,其他班里的一些女生也开始使用浅黑紫色口红。那一年,浅黑紫色几乎成了校园里一种流行色。还有,一种心情也在流动着。

一年后,雨婷基本病愈。毕业后,她结了婚,顺顺利利生了孩子,拥有了一个美满的家庭。她的丈夫也是我们大学同学。当时,这男生也涂上了一层浅黑紫色口红,要不是老师批评他这种不伦不类的举止,恐怕这浅黑紫色口红他会涂下去。但雨婷记住了这个男生。

雨婷告诉我们,这男生还写了一封信给口红生产厂家,建议产品改名叫"爱心牌"口红。雨婷笑道:"其实,你们早已给它们贴上了这种标签。"

有饭同吃

○赵　新

　　十二岁那年夏天,我考上了西阳镇高小。高小就是高级小学。那时候,读书识字的人还为数不多,能考上高小,在乡亲们的眼里就是大学生,就是"好材料"了。

　　我们村离西阳镇八里地,走七里山路,过一条清水河,就能看见西阳镇高小。我们村一共考上了四个人,除我以外还有赵仁、赵利、安庆祥。能为母校和家乡争光,我们四个感到很骄傲。

　　我们四个很友好,步调很一致,说走一块走,说回一起回,谁也不搞特殊。但是赵仁赵利我们三个很快和安庆祥产生了矛盾,原因很简单:中午吃饭的时候,我们很愿意把自己带来的菜饼子、煮红薯、糠窝窝、腌咸菜合在一块儿,大家围在一起吃,吃得很高兴,吃得很欢喜。安庆祥却搞小动作,找个角落一躲,一个人偷偷地吃。他带的饭食总比我们好,他觉得和我们凑在一起他吃亏。

　　赵仁说:你们看见了么? 安庆祥藏在墙根儿里吃黄干粮(不掺菜的玉米面饼子)。

　　赵利说:他家生活好,那天我看见他躲在大树背后吃小米焖饭,还吃腌鸡蛋。

　　我也想吃小米焖饭腌鸡蛋,可我吃不上。我说:他不答理咱们,咱们也不答理他。咱们三个他一个,看他自觉不自觉。

第二天早晨,我们三个谁也没去叫安庆祥,而是悄悄走出村来,向学校跑去。安庆祥在家里等啊等啊等啊等,等得太阳出了山,等得乡亲们下了地。

那一天安庆祥迟到了。老师狠狠地批评了他,他哭得很可怜,好像有很大的冤屈。

吃午饭的时候我们很开心。赵仁眉飞色舞地说:活该!他不让咱们吃他的黄干粮,咱们就不去他家里叫他,让他天天迟到,天天挨批评! 赵利欢欣鼓舞地说:放学以后咱们也不叫他,让他一个人摸黑走。他不是能吃腌鸡蛋吗? 那就吃吧! 结果放学后我们没有叫安庆祥,抽个空子溜出来。可是这一次效果很不好,我们挽起裤腿过清水河之后,安庆祥就追上了我们。

他气喘吁吁地问我:赵尚,早上你们为什么不叫上我一块儿走?

我说这事你问赵仁吧,我是跟赵仁一块走的。他问赵仁,赵仁说这事你问赵利吧,我是跟赵利一块走的。他问赵利,赵利说这事你问赵尚吧,我是跟赵尚一块走的。问了一圈也没得到答复,安庆祥的眼里就有了泪水。

想不到十三岁的安庆祥脾气很倔,从此以后不管上学与放学,不管刮风和下雨,再也不肯和我们一块儿走。他还在村里和学校里散布谣言说,他们姓赵我姓安,他们是一家子。有一次我们在上学的路上摘了人家一根黄瓜吃,他马上报告了老师。

老师批评我们的时候,安庆祥挤眉弄眼,手舞足蹈,看样子十分开心。

赵仁和我说:赵尚,这个安庆祥成精了啊,这么欺负咱们!

赵利和我说:这个安庆祥是个叛徒,咱得想办法收拾他一顿!

正当我们满怀豪情地商量怎样收拾安庆祥的时候,突然发生了一件事情,这件事情迅速在西阳镇传开,雷鸣一样产生了轰动。

那天下午阴云密布，细雨纷纷，放学之后赵仁赵利我们仨撒腿就往家里跑，生怕雨下大了，让爹娘操心。我们急急忙忙过清水河后，河水突然变浑暴涨，连天的浪头呼啸而至，那样势不可当，那样狂妄狰狞！

我们这才知道清水河的上游下了暴雨，暴雨形成了野兽般的山洪！

赵仁说：哎呀，坏了坏了，安庆祥还在后边呢。

赵利说：让他住在学校吧，他又不会游泳。

我说：咱们必须等等他，哪怕他不答理咱们。

这时安庆祥已经跑了上来，站到了清水河的对岸。我们使劲喊他危险、危险，不要下水、不要下水。他也许是听不见，也许是故意在我们面前逞强，举起手里的书包就跳到河里。结果还没走到河中间，一个凶猛的浪头劈头盖脑打过来，安庆祥便倒了下去。

说时迟，那时快，赵仁双腿一跳，像条鱼一样跃进河里，扎个猛子，向安庆祥扑了过去！赵利我们两个一齐下水，一边奋力向前，一边大声呼喊：安庆祥，不要着急，我们仨救你。

下到水里以后，我们才知道山里的洪水是多么凶猛。我们刚刚拽住安庆祥的手，一个浪头就把我们打开了；再拽住，又被打开！这时老师们跑过来了。老师们跳进河里了，劈波斩浪，向我们游过来了。

现在想起来，这件事情的细枝末节都很清晰：学校表扬了我们，西阳镇表扬了我们，县里表扬了我们。安庆祥他娘特地做了烙饼摊鸡蛋，流着泪水招待赵仁赵利我们仨。饭桌上安庆祥突然冒出一句话：以后我不听我娘的了。咱们有饭同吃！你们还要我吗？我们说：要！

普通话宿舍

○李日月

　　填报志愿的那会儿许丽质冲老爸老妈坚定地说，十八年都听你们的了，这回上哪儿读大学，决定权在本姑娘手里——硬是选了广州。老爸老妈不解，问她干吗去那么远，回趟家多不方便。她说，长这么大都没出过辽宁省，没选海南岛就已手下留情了。

　　只身来广州上大学的东北姑娘很快适应了南方气候的炎热，也慢慢看惯宿舍楼阳台上晾晒着的如万国旗般飘荡十天半月从不收取的衣服，但有一件事真的让她很苦闷：像所有的北方人一样，她听不懂粤语。粤语第一次灌入她耳膜，是在她下飞机买机场大巴车票的时候。售票员改说普通话，她才知道，同样内容的粤语她连一个字也没听懂。她原来以为电视上说的那种拉长腔的广州普通话就是粤语呢。

　　同学们会说普通话，但通常不怎么说。比如上课回答老师问题时说，课间休息时就不说；在教室里说，回宿舍就不说。她发现，他们不愿意说普通话是因为说粤语感觉更亲切。她还发现，他们不说普通话，也有他们普通话说得确实不那么好的缘故，尤其是那些从粤西粤北来的同学，普通话从他们口里冒出来就不那么"普通"了。

　　她跟着叫她们的宿舍长为王子娟，叫到第八天才知道她其实叫黄子娟，她们把"黄"说成"王"。她们宿舍是大房间，六个人，只有她这个外地人听不懂粤语。她不在的时候,她们说粤语;她在,就有时候说粤语,有时候说普通话——她们要照顾她的情绪。开始她觉得这样很好玩,也向她们请教某句话是何意思;后来任她们随便说,听不懂耳根清净也好;再后来嘛,再后来她就心烦起来,在热闹的宿舍里开始感觉到从未有过的别扭和孤独,这时候她结识了外班的关红。

关红十三岁跟父母从东北来广州,和她有相似的境遇。虽说关红现在粤语说得相当地道,但她性格爽朗,骨子里是东北人。两人很快成为好友。一天,许丽质极其认真地说,关红,你多好,能听懂她们的粤语。

关红说,你要好好学,听还比较容易,更难的是说呢。

许丽质和宿舍里的任何一个人说话,那个人都说普通话;但只要是和自己以外的人说什么,那个人扭过头去就说粤语。有时候问你们说什么呢?她们就说一句没什么,即刻又转回粤语去了。那天晚上,她们谈得热烈,她觉得她们像一群嗡嗡叫的苍蝇。她提醒她们,你们说啥啊?我一句也听不懂。黄子娟竟然告诉她,在研究一个问题。说完又是嗡嗡嗡。研究什么问题?神神秘秘,单把她抛开在外?许丽质就悄悄拨通了关红的电话,让她在电话里帮自己"翻译"。关红说,她们为你开了一个小会,做了一个决定,你很快就会知道的。上午第四节下课的时候,许丽质恍然大悟。原来舍友们在宿舍的门上贴了一张纸:普通话宿舍。

用粤语做出的决定被坚决地贯彻执行。通行的语言让宿舍里的六个女大学生一点一点水乳交融,心心相印。

一年后,许丽质悄悄地把门上的字揭掉了。她说,我亲爱的广东的同学们,来自东北的我今后要跟你们学粤语啦。粤语很美,我想听你们说粤语,唱粤语歌。

许丽质那天给老爸老妈打电话说,招聘广告上都说普通话和粤语

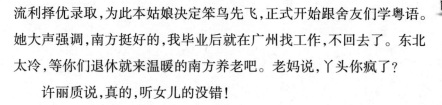

流利择优录取,为此本姑娘决定笨鸟先飞,正式开始跟舍友们学粤语。她大声强调,南方挺好的,我毕业后就在广州找工作,不回去了。东北太冷,等你们退休就来温暖的南方养老吧。老妈说,丫头你疯了?

　　许丽质说,真的,听女儿的没错!

想念温柔

○梁小萍

　　我是个顽皮的孩子,还没上学妈妈就给我做了一个小书包,买了田字本和铅笔橡皮,让我安安静静待在家里学写字。

　　小书包是妈妈用海南黎族黑色织锦自己踏缝纫机做的,书包正面还用红色绒线绣了一个红五星。我特别喜欢这个小书包,我把本子和文具一股脑从书包里倒出来,把心爱的小人书一本本整整齐齐放入书包,然后斜背在肩上,趁妈妈不注意溜出了家门。

　　我跑到部队大院的小树林,脚上的小布鞋踢到一边,光着小脚丫三下两下就爬上了高高的石榴树,选好一处结实的大树杈坐下来,把小书包挂在一边的小树杈上,然后开始看小人书。看书看厌了就顺手在树上摘个青涩的小石榴咬一口,再瞄准树下跳皮筋的小丫头砸下去。小丫头被小石榴砸得直叫痛,我咧着豁牙的嘴笑嘻嘻,她们拿我没办法,小丫头不敢上树,可是没一会儿工夫,妈妈就被她们找来了。妈妈叉着腰在树下朝我大吼一声,绝对的河东狮吼,于是我立马下了树,捡起我的小布鞋拎着,乖乖跟着妈妈回家,那些小丫头也被妈妈的厉声吓了一跳,不敢再告状了。我长大后对妈妈说,小时候你那么大声吼我,像老虎一样,你就不怕我吓得从树上掉下来?妈妈语气很肯定地说:"不会! 虎妈无犬妞!"

虎妈！是的,我的妈妈是虎妈,不是说妈妈的嗓门大就是虎妈,而是我的妈妈真厉害。比如说我的哥哥要去当兵,身体和政审都过关了,可是最后名单却没有哥哥的名字,妈妈一打听原来是部队某一位领导走了后门,让自己体检没过关的孩子占用了哥哥的名额。要是换了别人,也许就听之任之了,谁让人家是领导呢。可是算他倒霉,遇见了我虎妈,妈妈直接找到了部队的司令员说明情况,并且说得有理有据:第一孩子响应国家号召当兵要支持,而且完全符合征兵的任何条件;第二某领导身为国家部队干部徇私舞弊,知法犯法;第三……妈妈一一列举了数十条,说得司令员当下就表态一定要调查清楚此事。妈妈离开司令员的办公室并没有回家,而是走到那位走后门的领导家门口,对着他家破口大骂,说他愧为国家干部,说他徇私舞弊,说他丧尽天良……其实妈妈这不叫"骂",因为没有一个脏字,这叫"说",说得理直气壮,气势如虹,直说得部队全大院人都听到了,许多人走出家门来看热闹,还有人来劝妈妈不要再说了,可是妈妈不理睬继续说,直到把要说的话都说完了,妈妈住口了。周围旁观的人很多,表情似有意犹未尽,可是妈妈看都不看他们一眼,一转身自顾自回了家,淘了米做了饭,炒了菜煲了汤,吃了两碗米饭喝了三碗汤,然后舒了一口气说:"骂架真是个体力活儿,累死我了。"

后来我上学了,要是有人欺负我,我可不像小丫头一样没出息跑去找老师告状,我直接反击,打不过也打,经常是鼻青脸肿地回到家。妈妈说:"没见过你这样调皮的女孩子,女孩子温柔才好。"我不服气,说:"妈妈厉害不就很好,谁都不敢惹你,你不是说过不要怕别人欺负,要越战越勇吗?"这话免不了又挨妈妈一顿训,可是妈妈又会特意多做一点好吃的饭菜让我多吃点。妈妈说的还真是,骂架是个体力活儿,打架更累,我饿极了,比平时多吃了好多饭。

随着我的成长,耳边时时传来妈妈不厌其烦的唠叨:女孩子说话

要语气轻柔;走路要姿态轻盈;待人接物要谦和……终于有一天我忍无可忍,大声对妈妈说:"你自己一点不温柔,还逼着人家温柔,我不温柔也是你的遗传。"

妈妈没有答理我,低着头边干活儿边说:"妈妈小时候家里穷,你姥姥给我做不起花布衫,只能赶集时买些碎花布头给我做双鞋,我穿上花布鞋走在小伙伴堆里感觉真美。后来啊,我遇见了你爸爸,你爸爸是个孤儿,从小在地主家帮工,后来当了兵又南征北战的,就是当了军官也没有什么家当。我们结婚的时候,你爸爸买不了好首饰,就给我买了一支银簪子为我盘起一头长头。还记得你爸爸第一次帮我盘头插银簪子那副傻样,我感觉自己是天底下最幸福的女人了。"

妈妈说话间,情不自禁"扑哧"一笑,我想妈妈一定又想起当年爸爸那副傻样吧,怪不得妈妈一把年纪了还一直留着长发,这在周围同龄的女人中很少见的。

这时妈妈抬起头看着我,眼神异常温柔,说:"可怜你爸爸那年救火牺牲时,你才六岁,你两个哥哥也不过十岁,我带着你们兄妹仨,我要是再温柔还怎么活?"

我的目光越过妈妈的眼睛,看着妈妈那一头盘起的花白头发,斜斜地插着一支老银簪,摇摇欲坠。

栀子花香

○梁小萍

清晨,小主惊喜地发现小院中的老栀子树开花了。

小主自记事起,自家小院就有了栀子,栀子一共两棵,每棵都有一人高。一棵在两年前母亲故去的五月,无缘无故枯萎了,剩下的一棵一直蔫蔫的,任凭小主百般呵护,去年也没开一朵花。

在部队大院,谁都知道小主家的这两棵栀子。海南岛种栀子的不多,尤其像这么大棵的栀子更是少见,栀子花花气袭人惹人爱,谁走到小主家门口都忍不住夸一声:"好花!"小主妈妈非常宝贝这两棵栀子,门口两边的土地上一边一棵,占据院子最好的位置,平日里浇水施肥悉心照料着。小主妈妈爱花出了名,但是从不吝啬栀子的花朵,有谁喜欢尽管来采摘,每逢雨季,妈妈还会嫁接许多小栀子苗,分送给喜爱栀子花的邻居和朋友。每次人家来家中要花苗,小主妈妈总是不厌其烦地跟人家说怎么种植栀子,好像孩子离开母亲一样不放心。

年轻时的小主妈妈很美,留着一头长发,头发从中间分成两股梳成两条辫子,然后在辫子发根处用辫子梢左右交错穿插,一会就在脑后盘成了一个编花发髻,发髻有点垂,侧面尤其好看,古典而优雅。栀子花盛开的清晨,小主妈妈盘好头发,就会走到小院里,选一朵半开的栀子花摘下,把花悄悄藏在盘好的发髻中。不管是去上班工作,还是在家做家务,每天清晨妈妈都会摘一朵栀子花藏在发髻里,于是一整天妈妈走到哪里都会带来一缕淡淡的、若有若无的芬芳。每到夜幕降临,暗暗的灯光下,年幼的小主喜欢依偎在妈妈怀中,看着爸爸把妈妈的长发放下,满屋子都是丝丝缕缕的栀子花香。妈妈盘头的习惯一直保持到五十岁,后来妈妈得了关节炎手臂打不了弯,没法自己盘头了就剪成了短发。

小主是妈妈最小的孩子,生小主那年,小主妈妈都三十多岁了,妈妈非常疼爱小主,小主也非常依恋妈妈。妈妈喜欢搂着小主说过去,说起老家清水河边的那片竹林,说起老屋窗前那棵栀子,妈妈说那还是她当小姑娘时种下的栀子。有时候妈妈还会说起小主的姥姥,小主的姥姥也是很大年纪才有的小主妈妈,小主没有见过姥姥,姥姥很早就去世了,妈妈嘴里的姥姥是个脾气厉害、裹着小脚、思想顽固的小老太太。姥姥不让女孩时的妈妈上学,学校的老师找到了家里劝姥姥让妈妈去上学,姥姥说:"上学可以,不准在家吃饭。"妈妈每次说到这一句都特别伤心,说姥姥太狠了,那时候还是旧社会,自己一个姑娘家,不在家吃饭到哪里吃饭,这是逼着自己上不了学啊!姥姥说女孩子不能读书,读书把心读大了读野了就管不住了,还一心想把妈妈嫁给村中的富豪过舒服的日子。妈妈一气离开了家,后来跟着部队参军走了。这之后部队天南海北行军,妈妈一直没有机会回老家看看,直到新中国成立后,当母亲一身戎装再次回到老家时,姥姥已过世了。从那以后母亲就再也没回过老家,从那时家里就有了两棵小栀子。有一天早上,小主看着妈妈盘头,冷不丁问妈妈:"妈妈恨姥姥吗?"妈妈看看小主笑了笑,没有说话,随手摘了一朵栀子花,慢慢窝在发髻里不露一丝痕迹。

前年小主妈妈故去,小主遵照妈妈遗愿把妈妈的骨灰送回老家,在老家的院子里看到了还一直保留下来的老屋,可是在老屋的窗前,小主并没有看到妈妈一直念叨的栀子花。小主想着过了这么多年了，谁还会在乎妈妈的栀子花呢？当小主第一次站在姥姥的坟前，小主看见姥姥的坟前竟然有一棵栀子，这是一棵苍老的栀子，比自家院里那棵还要苍老。当时正值栀子花期，满树栀子花散发着熟悉的气息，小主一时看呆了。小主问随行的老家的舅舅："姥姥也喜欢栀子花?"舅舅说："你姥姥说，你妈妈最喜欢栀子花。你妈妈小时候就在老家院里种了一棵栀子，后来你妈妈私自离开了家，你姥姥一想你妈妈就跳着小脚，指着栀子花骂你妈妈狠心，居然走了就不回家了。再后来你姥姥病重，临终前交代把这棵栀子一定要栽在她的坟前。这就是你妈妈从小种的那棵栀子，你妈妈当年回来时，听说你姥姥已经去世都没流一滴泪，可是看到你姥姥坟前的栀子花，一句话不说，号啕大哭，你妈妈和你姥姥的脾气一样倔强啊!"

　　一缕晨风吹醒了小主的思绪，小主俯下身闻了闻栀子花香，她知道这棵栀子的妈妈在哪里。小主轻轻地将长发盘起，一朵盛开的栀子花悄悄藏在发丝间。

一只鸡蛋的温暖

○孙道荣

朋友曾在一个边远省份支教。

当地很贫穷,吃得很差,有的孩子早上去上学,甚至是饿着肚子的。为了帮助这些山区的孩子,由政府出资,学校每天为他们提供一个免费的鸡蛋。

早读完之后,开始发鸡蛋,每人一个。

农村家家户户都养鸡,鸡下的蛋是要拿去换油盐酱醋的,根本舍不得自己吃。没想到学校会免费给大家发鸡蛋,这让孩子们兴奋不已。

朋友至今清晰地记得,第一天发鸡蛋时,有个男孩子一口将鸡蛋整个吞了下去,噎得直翻白眼。老师们又是拍背,又是拍胸,又是倒开水,好不容易才帮他将鸡蛋咽下去。每当想到这个情景,朋友心里就异常难过。他知道,那些可怜的孩子,因为难得吃到一次鸡蛋,才会那样馋啊。

可是,发鸡蛋没几天,就出现了意外情况:不少孩子拿到鸡蛋后,并没有吃,而是偷偷藏了起来。

他们为什么要将鸡蛋藏起来呢?是鸡蛋不好吃吗?当然不是。情况很快就弄清楚了,那些将鸡蛋偷偷藏起来的孩子,是舍不得吃。

他们想将鸡蛋带回家,给年迈的爷爷奶奶吃,或者与年幼的弟弟妹妹分享。

了解到这一情况后,学校做出了强制规定:发给学生的鸡蛋,必须学生自己吃,而且必须在早读后立即吃掉。为了确保每个学生都将发下的鸡蛋吃掉,学校还成立了一个监督小组,负责检查、监督学生们按时吃鸡蛋。朋友是监督组的成员。

朋友告诉我们,真没想到,那些山里的孩子,为了能将发给自己的鸡蛋带回家,竟然想出了各种各样的办法,和监督小组的老师"斗智斗勇"。

有个瘦瘦的男孩子,每次拿到鸡蛋后,就表现得有点儿迫不及待,噼里啪啦地用鸡蛋敲击桌面,剥完壳,张大嘴巴,一口将鸡蛋吞了下去。嘴巴还吧唧得很响,看上去吃得有滋有味。朋友站在教室的窗外,一连观察了好几天,终于发现了这个男孩子的秘密:每次他剥好鸡蛋后,都会悄悄将鸡蛋藏起来,而将空手往嘴里一塞,装作将鸡蛋塞进嘴里的样子。朋友问他,为什么要将鸡蛋藏起来? 男孩说,他的父母都在遥远的城市打工,几年才回来一次,他和奶奶生活在一起。奶奶年纪大了,身体也不好,他想将鸡蛋带回家给奶奶吃,让奶奶补补身体。

有个女孩子,拿到鸡蛋后,总是吃得很夸张,嘴巴里鼓鼓囊囊全是白色的蛋清和黄色的蛋黄。朋友仔细一观察,发现了问题:每隔一天,女孩子的嘴巴里才会鼓鼓囊囊,另一天,则只是"吧唧吧唧"的空响声。原来她是隔一天吃一只鸡蛋,另一天的鸡蛋则被她私藏起来。有一天,朋友不声不响走到她身边,她意识到自己的秘密被老师识破了,难为情地低下了头,轻声说,家里穷,没钱买肉,吃的菜基本上都是菜园里的蔬菜,难得有荤菜。她隔一天省一个鸡蛋带回家,是为了让妈妈将鸡蛋做成菜。

朋友说，每发现一个孩子偷藏鸡蛋，他的心就会既酸楚又温暖，既难过又感动。

这些将鸡蛋藏起来的孩子，都是为了省下来，带回家给自己的家人吃。对这些山里孩子来说，鸡蛋就是人间美味了，他们不想独吃，希望与家人共享。但是，给每个学生每天发一个鸡蛋并让他们必须吃掉，是希望这些孩子能够健康成长——他们是大山的未来啊。

为此，学校想尽办法，除了监督外，有段时间，甚至要求孩子们吃完鸡蛋后，将蛋壳上交。即使这样，仍然有不少孩子，想方设法将分给自己的鸡蛋省下来，带回家。

有一次，朋友对一个经常藏鸡蛋的男孩子说，你正是长身体的时候，其实，你自己将学校发给你的鸡蛋吃下去，会让家人更开心的。男孩子看着他，郑重地点点头，很赞同的样子。朋友讲完了，男孩子忽然对朋友说，可是，老师，我把鸡蛋省下来给奶奶吃，比我自己吃更开心啊。

那一刻，朋友的眼睛，猛地湿润了。

朋友感叹说，在城里生活了这么多年，他从来没有体会到，一只鸡蛋会给他带来如此强烈的触动。

啪 啪 啪

○厉剑童

　　亮是我的同班同学。亮的座位在我的前面,他上课的时候身子从来都斜着。亮的作业本上的字更是找不出一个端正的,乍一看像刮东北风。答题卡上的铅笔印像淘气的小蝌蚪,一个个都跑到格子外。

　　亮一天到晚很少离开自己的座位,始终保持沉默状态。课间或体育课的时候,别的同学都在教室前、操场上跑步、跳绳、打羽毛球、做游戏,尽情地玩耍,亮却只能一个人默默地坐在教室里,手托着腮,嘴里咬着笔杆,出神地望着窗外,望着紧靠窗子的那棵白杨树上的一只小鸟,一忽儿从这个枝头跳到那个枝头,一忽儿又从那个枝头跳到另一个枝头。每当这时候,亮的眼睛里总是雾蒙蒙的。这一切都因为可恨的小儿麻痹症的缘故。我敢说,要不是身体的残疾,亮一定是我们班最帅气的男生。

　　操场在教室的东边,与我们班的教室仅一墙之隔。那一天,我们都去上跳绳课了。这是我们最喜欢的体育课。也许太过兴奋,跳绳时一不小心我的脚崴着了。老师要找个同学送我回教室休息,被我拒绝了,坚持自己一瘸一拐地走回教室。

　　好容易挪到教室门口,操场上响起了一阵"啪啪啪"的拍掌声,这是体育老师和同学们拍手下课的声响。墙外的"啪啪"声未停,教室里紧跟着响起了"啪啪啪"几声清脆的拍手声,接着听到亮"可以休息了"的说话声。我很诧异:每次上体育课,只有亮因为身体原因不能参加,独自留在教室里看书,从不允许别人无故不上体育课。今天是怎么回事,难道还有谁没去上课?

我坚持着挪进教室,发现只有亮一个人坐在课桌前正微笑着。原来是他在自言自语!见我进来,亮的脸刷地红了,他不好意思地说:我……我虽然不能上体育课,可我和同学一样,都属于这个班集体,必须遵守同样的规定……我心里一动,一种异样的感觉涌上心头。我的心灵震撼了。我仿佛看到鸟儿对飞翔的渴望!禁不住脱口而出:亮,我刚才当了逃兵,没有上完这堂课,让我们一起拍手下课好吗?

亮惊异地看着我,犹豫了片刻,然后伸出了那双干瘦如柴的手。刹那间,"啪啪啪""啪啪啪"……教室里骤然响起了两双手整齐、响亮的拍手声。

第二天,我把头一天目睹的一幕悄悄告诉了教体育的马老师。马老师先是惊讶:"这是真的?"接着沉默下来,仿佛陷入了沉思之中。好久好久,他仿佛做出了某种重大决定,神情庄重地点了点头。那一刻,我看到马老师的眼睛红红的。

又是一节体育课。这天,马老师早早来到教室,径直走到亮的跟前,弯下高大的身躯,亲切而郑重地说:亮,全班五十四个同学,每一个都是这个大家庭中不可缺少的一员。请原谅老师以前对你的疏忽。让我们一起去上今天的体育课好吗?

亮抬起头,那双眼睛睁得好大好大,他一会儿看看老师,一会儿又看看周围的同学。看着看着,泪水潸然而下。

教室外队伍早已站好了。每一个人都在静静等待着。亮不再犹豫,不再迟疑,他轻轻推开好心帮扶他的同学,艰难地站起来,歪斜着身子,一步一步,挪出教室,站到了队伍的前面。队伍开动了,像一条潺潺的小河缓缓向远处移去……

"丁零零",四十五分钟很快过去了,下课时间到了。一直坐在树下看同学们上体育课的亮,立即艰难地站起来,歪斜着身子,走到队伍前面。体育老师高声喊道:下课!接着手一抬,"啪啪啪",五十四双手同时抬起来,整齐的队列骤然变成了声音的海洋。亮笑了,全班同学笑了,马老师也笑了。

此后,在我们班的体育课上,每到快下课的时候,总会看到一个身材瘦小、歪斜着身子的男生,从那棵绿荫盖地的大树下吃力地站起来,慢慢地挪向队列。所有同学都站在那儿静静地等待着,等待着……队列里骤然响起了一阵阵"啪啪啪"整齐有力的声响,这声响久久地回荡在操场上空,回荡在五十五颗火热的心中……

那一刻,我仿佛清楚地看到,一只大鸟正挥动着巨大而有力的翅膀,向着蓝天白云奋力飞去……

儿子请客

○曾祥伍

吃晚饭的时候，读高二的儿子对我说，爸爸，明天是周末，我想请客。

请客？我和妻子对望了一眼，半天没回过神来。

儿子一直都很听话，自上高中以来，一直担任班长，学习方面根本不用我们操心。用他自己的话说，在班上他也算是一个"官"了。现在大家都把班干部叫"班官"。别看这个"班官"不大，能量却不小。现在的班主任因为事情多，对班级的管理非常倚重班干部，尤其像调座位、评优秀、发放补助之类的事，班长的话比班主任的还管用，因此，班长这一职位，竞争也很激烈呢！

也正是这个原因，以前没少有同学请儿子去吃饭，虽然我们极力反对儿子这样的做法，但儿子总有自己的理由。他说，有人请你你不去，就会给人一个清高的印象，往后的工作就不好开展。放心，我会把握分寸的。儿子一副老成的样子。

今天是怎么了，儿子竟然主动提出要请客？

妻子呵斥道，小孩子安心读书！请什么客啊！家里的情况你不是不知道……

我用眼神制止了妻子，说，你能告诉我们，你请客的理由吗？

这个……暂时保密。爸爸，我已经长大了，也应该有自己的隐私了吧？个人隐私可是受法律保护的。儿子扮了个鬼脸。

那你打算在什么地方请客啊？标准定多少？我笑着说。

我想，儿子长那么大，从来没向我们提出过什么过分的要求，总得满足他一次吧；再说，我相信儿子有正当的理由。

我想在家里请。在饭店、宾馆请客虽然隆重，但显示不出真诚。在家里请既节约又温馨，不是吗？

我和妻子用惊奇的目光看着儿子，心里想，儿子长大了。

那好吧。我们同意你的要求。需要我们做什么？

我只有一个请求，明天请你们在我放学回到家之前，准备好饭菜后暂时避开，待我们吃完后再回来，我有事跟我的客人商量。儿子郑重其事地说。

这个要求倒不过分，孩子也需要有自己的空间嘛，父母在旁边他们会拘束的。

第二天下午，我们按照儿子的要求，准备好了一桌丰盛但又不奢侈的晚饭后，就避开了，直到晚上九点，估计儿子的客人已经走了，才回到家。

儿子早已经把家里收拾得干干净净，正专心在看书呢！我几次想开口问问到底请了什么人，但话到嘴边又住了口，因为儿子如果不想告诉我们，问也白问。这一点儿子跟我一样。

但儿子为什么请客？请了些什么人？这个疑问一直在心头挥之不去。

最终，妻子还是放心不下，转弯抹角费了不少力气，终于弄清楚了那天儿子所请的客人，他们分别是：人事局长的儿子向远江，班花尹素素，班霸鲁超，体育委员莫慰，据说还有成绩优秀但家庭条件特贫困的王阳。

一只鸡蛋的温暖

班花？其他人倒没有什么奇怪，为什么唯独请了一名女生？并且是班花？难道儿子谈恋爱了？明年就要参加高考，现在谈恋爱可不是什么好事，搞不好这么多年的努力就白费了。

妻子把不满朝我发泄，说当初她就不同意儿子请客的，都是我惯的，这样下去非害了儿子不可。

我想，得找个恰当的机会跟儿子好好谈谈。

一连几天，因为这事，我和妻子心情都有些不舒畅。虽然我们都装作一副没事的样子，但家里的气氛显得有些尴尬。

就在我正为找不到恰当的理由跟儿子谈而愁眉苦脸的时候，懂事的儿子主动跟我们坦白了。

看把你们惊的，像发生了八级地震似的，不就是请了一次客吗？儿子像一位老练的领导一样不慌不忙地说，王阳来自乡下，成绩特别好，但常受鲁超欺负，我特别想帮助他，所以请鲁超吃饭，叫他以后不要欺负王阳；请向远江，是想由他出面求他爸爸给王阳的母亲找份临时的事情做——王阳的母亲在城里租房子照顾王阳读书呢，无事可干；同时，班上也只有向远江能镇得住鲁超，因为鲁超的爸爸是向远江爸爸的下属。

我睁大了眼睛，像听一段绕口令似的，好长时间才明白过来。

那为什么还要请女生尹素素？这才是我最关心的问题。

儿子挥了一下手，那样子像极了我们单位的领导，说，因为向远江在追尹素素啊，而体育委员莫慰是尹素素的崇拜对象，只有他能镇得住尹素素。向远江呢？在尹素素面前像只小羊羔，只要尹素素开了口，什么事情都可以办成。

听了儿子的话，我老半天一句话也说不出来……

五十五个信封

○朱红娜

班主任邓老师正在办公室备课,听到有人喊报告,抬头一看,是班里的何皓皓同学。

老师,我放在书包里的两百块钱被人偷了。何皓皓慌慌张张,一副难过的表情。

哦,怎么回事?

放在书包笔盒里。今天不见了。

知道谁拿了吗?或者怀疑哪个了吗?

不知道。

老师,这钱是我妈前几天给我买球鞋的,我没买到球鞋会被妈妈骂死的。你一定要帮帮我,你就告诉我妈,说我的钱被人偷走了。何皓皓急得涨红了脸。

你不能亲自告诉你妈吗?

我妈不相信我的。求求你告诉我妈好吗?

你不想找回自己的钱了?

也不知谁偷的,不找了。何皓皓嗫嚅道。

邓老师定定地看着何皓皓,想从他脸上找出一些蛛丝马迹,但何皓皓一直低着头,不敢看老师。

这个一贯调皮捣蛋的学生今天似乎变了一个人。难道就因为两百块钱？

不行，我一定要帮你找回来。邓老师很坚决地说。

课上，邓老师说，今天上课前，我先给大家讲一个故事。很多年前，有一个学生，家里很穷。一天，同学们出去游玩，在游玩的时候，他捡到十元钱。当时十元钱是一个不小的数目，对他来说更是能起到很大的作用，可以买到很多自己一直想买而没买的东西。看看周围并没人注意到他，他赶紧把钱装到裤袋里了。一阵"咚咚"心跳以后，他装作若无其事的样子又跟大家一起玩了。后来丢钱的同学发现自己的钱丢了，急得哭了。那同学心里很不是滋味，很想把钱掏出来还给人家，但他始终没有掏出来，毕竟十元钱对他的诱惑太大了。但是，回去以后，他一直不敢花这十元钱。以至几十年后，这十元钱一直成了他的一个心结，也成了他人生的一个阴影。他，就是我的一个小学同学，那个丢钱的人就是我。他让我一定要把他的故事告诉我的学生。

邓老师语气沉重又严肃地说，今天，何皓皓同学的两百块钱被人拿了。邓老师顿了顿，也不拿眼睛扫描全班同学，双眼向上，左手反复将短头发向后拢，若有所思。

同学们你望望我，我看看你，仿佛要看出谁是偷钱的人。

邓老师接着说，要找出拿钱的人一点也不难，只要把大家的书包和口袋翻一遍就可以了，很简单。但是，这样拿了钱的同学就烙上了一个小偷的印记。我为什么说拿而不说偷，就是因为你们还是孩子，见钱起贪念是难免的，犯点错误也很正常，我不想因为你们一时的糊涂，给你们的心灵蒙上一层阴影，在我眼里，你们都是可爱的孩子。

邓老师亲切的话语，如春风细雨丝丝缕缕飘进同学们的心里。

但是，钱一定要还给何皓皓同学。邓老师以不容置疑的口吻强调。

现在,我给你们每人发一个信封,拿了钱的同学回去后将钱装进信封里,没拿钱的同学在信封里装两张白纸,封好后下午交给老师,好吗?

好。同学们异口同声地说。

下午,除了何皓皓同学以外的五十五个信封都投到了一个纸箱里,邓老师一封封地拆着信封,从一封封信封里抽出的两张白纸向邓老师表明着同学们的纯洁。……五十一、五十二、五十三、五十四、五十五,全都是两张白纸。

果然不出邓老师的意料。

邓老师将早已准备好的两百块钱从一个信封里抽出来,大声地宣布:同学们,何皓皓的两百块钱还回来了。

教室里顿时掌声雷动。

唯有何皓皓同学一脸诧异。

下课了,何皓皓怯生生来到了邓老师办公室,将两百块钱还给邓老师:邓老师,我错了,钱让我玩游戏了,我不敢告诉我妈,所以想了一个歪点子。这钱是你的,我不能要。何皓皓头更低了。

我知道。邓老师很平静地说。但你怎么跟你妈交代? 如实告诉她? 你妈那么辛苦赚来的钱,被你这样花了,非气死不可。

但是,你的钱,我不能要。何皓皓倔强地说。

我们来个约定怎么样? 邓老师语气和缓。

什么约定? 何皓皓抬起了头,好奇地望着邓老师。

为了不让你妈伤心,也不让你妈骂你,我们就保守这个秘密,这两百块钱你先拿去买鞋,但条件是以后再也不许玩电脑游戏。邓老师说。

何皓皓沉默不语。

就算是我借给你的,行吗? 等你以后长大工作了,再还我,怎么样？邓老师把钱塞给何皓皓,满脸慈祥。

好,老师,我一定会还你的。我们拉钩。何皓皓伸出右手食指,与邓老师的右手食指紧紧扣在一起,使劲拉了一个钩。

卧看牵牛织女星

○刘国芳

　　那年我考取了杭州一所大学,父亲带我去学校报到,办完手续天就黑了,父亲想坐夜间的火车回家。我没让父亲走,想让他在那里玩两天。经不住我左劝右劝,父亲依了我,但他只同意在杭州玩一天。

　　那晚父亲得住旅馆了。父亲把我安置好,就走了,跟我说他去找旅馆住。但我在父亲走后,一直觉得父亲不会去住旅馆。我们家很穷,我读书的钱,有一半是借的。父亲平时很节俭,从不乱用一分钱,他怎么可能花钱去住旅馆呢。

　　我的想法没错。后来,我去了火车站,果然在车站看见了父亲。大概是没有车票,父亲连候车室也进不去,只好在火车站门口的台阶上坐着。我看见他的时候,他正仰着头看着天上。我不声不响地坐在父亲身边,父亲开始没发现我,等发现了,父亲有些不好意思。但父亲很快笑了起来,父亲说:"我觉得在这儿坐一夜更有意思。你看,秋高气爽,满天的星星,月亮分外明亮。还有,你看,那是牛郎星,那是织女星。"我看着父亲,眼圈红红的。我在心里说,父亲,您哪里是想看星星呀,您是舍不得花钱住旅馆。但我没有这样说出来,我只跟父亲说:"我陪您看星星吧,我也喜欢星星。"

　　这晚,我和父亲一直坐在车站门口的台阶上,我们都抬着头,往天上看。后来，父亲就提议我们各背一首诗，诗里要有牛郎星和织女星。我先背起来："银烛秋光冷画屏，轻罗小扇扑流萤。天街夜色凉如水，卧看牵牛织女星。"父亲则背道："九曲黄河万里沙，浪淘风簸自天涯。如今直上银河去，同到牵牛织女家。"随后，父亲又提议我们背一些与月有关的诗句。就这样，我们一首一首地背着。不知什么时候，我睡着了。等我醒来，天已有些亮了，父亲的一件外套盖在我身上，而父亲，却蜷着身子坐在我身边。

这是一个我终生都不会忘记的夜晚，尤其是父亲那蜷着身子的样子。

一晃很多很多年过去了，我女儿也考取了南京一所大学。把女儿送到学校，报了到，安置好女儿，天也晚了。

毫无疑问，我要在南京滞留。女儿说南京是值得一玩的城市，何况，女儿入学还有一些手续没办完，我最少得在南京住一夜。

晚上，我也去了车站。按说，在宾馆住一两晚我还消费得起，但秉承了父亲节俭的天性，我竟舍不得花那么一百元或几十元钱去住宾馆。这样，火车站便是我最好的去处了。

也是个秋夜，风清月白，繁星闪烁。我仰着头，看天上的明月，看天上的星星，看牛郎星，看织女星。遥想父亲当年也这样在车站外面坐着，心里竟生出一种做父亲的自豪来。

忽然手机响了。

是女儿打来的，我刚把手机放在耳边，就听到女儿说："爸，你不会在车站过夜吧？"

"哪能呢？"我说。

"那你告诉我，你住在哪家宾馆？"

我前面不远是石头城饭店，那美丽的霓虹灯就闪烁在我眼前，我随口答道："石头城饭店。"

"真的吗？你一定要住宾馆呀，天冷了，外面凉。"女儿说。

"住了住了。"我还在撒谎。

这天晚上，我一直坐在火车站外面的台阶上。

和我一起在这儿坐着的，还有许多人。我明白，其中，也有像我一样的父亲。

身后的眼睛

○葛昕旭

  吃过晚饭,女儿还是忍不住告诉了母亲第二天学校要组织春游的事情。母亲问:去哪里?女儿说,不远,就是学校旁边的一个河滩地,野炊。母亲一听,愣了,心也突然地跳动了一下。母亲没说话,看着女儿。女儿那张如花的笑脸在母亲的眼前变得生动了起来。母亲暗暗叹了一口气,微笑着说,去吧!乖孩子,妈妈支持你!

  女儿微笑着上前抱了抱母亲,然后,走回自己的房间,正想写作业时,父亲的电话打了过来。在电话里,女儿也说了第二天春游的事情。父母离婚后,女儿一直和母亲一起生活。

  第二天,天刚放亮,母亲早早地就起了床。母亲帮女儿准备好春游的一切东西后,把女儿送到了村口。

  女儿带着一脸的喜气,慢慢地走远了。母亲站在那里,脸上说不清是一种什么表情,嘴里还在不停地说着什么。女儿忽然站住了,转过身,满脸笑容地看着母亲。女儿跑回母亲面前,在母亲的脸上亲了一下,然后笑着跑开了。不一会儿,女儿就跑出了母亲的视线。

  不见了女儿,母亲一下就呆了。母亲忙返转身,锁上屋门,紧跟着追了出去。转过一个弯道,母亲又看见了女儿。女儿在前面还是那样蹦蹦跳跳地走着。母亲松了一口气,脚步慢了下来。

母亲就那样若即若离地紧跟在女儿的后面。

女儿先是去了学校。女儿到校的时候，同学们早已等在了门口。老师清点了人数，讲了讲注意事项，然后带着大家浩浩荡荡地出发了。

母亲躲在暗处，看着大家往河边走，心里又紧张了起来。

同学们一到河滩地，全都欢呼了起来，丢下手里的东西就往河边跑。

河边不远处，有一只小船，头朝河心，静静地停靠在那里。

母亲坐在河边的小山坡后，看着女儿，心揪紧了，目不转睛地望着，生怕女儿跑出了自己的视线。

女儿一到河边，身子就像充足了气的气球一样轻盈了起来，跳跃，嬉戏，玩水。笑声在河堤上无遮无拦地飞来飞去。

母亲在山坡后紧张得忽坐忽蹲，紧盯着。女儿跳一下，母亲的心就嘎巴一声脆响。女儿再跳一下，母亲的心就再响一下。这时，河边的风，突然大了起来，呜呜地吹着，母亲感觉自己被风吹成了纸人儿，浑身轻飘飘的。母亲忙紧了紧身上的单衣。

母亲就那样一直紧盯着女儿。

时间晃悠悠地就到了中午，阳光从天空洒下来，透过树叶的空隙，照在母亲的身上，使母亲的身影显得有些迷离。

忽然，几个同学打闹着冲向河边。一声惊叫从河边传了过来。母亲猛地一下站了起来。小船里也突然长出了一个戴斗篷的男人。

女儿看见母亲，呆了片刻，猛醒过来，喊了一声妈，冲到母亲面前，问，妈，你咋来了？

母亲看着女儿红扑扑的脸蛋，一把抱住女儿。刚才的担心焦急一下就跑得无影无踪，代之而起的，是满脸的笑容。母亲抱着女儿，亲了又亲。

女儿仰头望着母亲，又问，妈，你来干啥？

母亲看着女儿说,妈还不是担心你,怕你在河边出事。

女儿一脸惊奇,问,出事? 出啥事?

母亲沉默了,脸上的笑容没了,好半天才说,孩子,你姐就是在这河里淹死的。那次,也是怪我。后来,有了你,但你爸还是不肯原谅我。从此,妈就有了心病,一听说你到河边就担心,就怕,就想守在你身边,陪着你,看着你,心里才踏实! 说完,母亲叹了一口气,又说,孩子,原谅妈妈,妈妈不是迷信,但妈妈爱你!

女儿抱着母亲,眼里的泪水慢慢地涌了出来,说,妈妈,我也爱你! 说完,抬起头,忽然看见了小船里戴斗篷的男人,愣了一下,冲向河边,大喊了一声:爸!

一张纸条的承诺

○刘立勤

　　黄梅虽然一直在屋子里忙碌着,心却一直关注着院子的动静。她急切地等待着父亲回来,她希望父亲回来的脚步声是欢快有力的,她希望听见父亲爽朗的笑声。

　　父亲的脚步一向是自信有力的,父亲的笑声也清脆而爽朗,可自从她接到大学通知书以后,父亲的脚步就变得那样的迟疑,父亲清脆的笑声也成了久违的记忆。她真后悔自己为什么要去考大学。谁想到学费这么高呢? 在这个贫困的山村里谁家听了都会害怕呀。父亲强劲的脚力在一家家的门口磨完了,爽朗的笑声被那祈求的话语耗尽了。父亲尽管磨软了脚力,失去了笑声,也没有凑够她上学的费用。她真想撕碎了那张难得的通知书,换回父亲强有力的脚力和那爽朗的笑声。可惜,黄梅又不甘心。那么,还有别的什么办法吗?

　　黄梅又拿出了那件漂亮的外套和那张发黄的纸条——“穿上这件衣服的小朋友,学习上如果有困难,可以联系我们,我们一定帮助你。李思俭。”

　　看见纸条,黄梅就想起了九年前的那场洪水。它是那么凶猛,那么无情,片刻之间就剥蚀了地里的庄稼,一时三刻就席卷了他们的村子。父亲历经辛苦盖起的房子倏地就没了。雨过天晴之后,救灾的物资终于到了,她分得了一个包裹。包裹里除了一件非常漂亮的衣服,还有这张她细心保存了九年的纸条。九年来,小小的黄梅经历了太多的艰难,她还是和自己的爸爸妈妈一起克服了。她虽然没有和纸条上的李叔叔联系过,可是她知道纸条后面有一双希望的眼睛一直在关注着她。她一直暗暗努力,想考上一个好大学,找一份好工作,回报李叔叔的关心。因为李叔叔给她的衣服是她至今穿的最漂亮也是最温暖的衣服。谁想到第一次和李叔叔联系会是这样的呢?

黄梅真的不想麻烦李叔叔了,无亲无故的,凭什么呢? 就因为李叔叔的爱心,又要索取李叔叔的爱心吗? 她真的不愿意这样……

黄梅实在是没有别的办法了,只好试着给李叔叔写了一封信。她精确地计算了,李叔叔的回信大约需要七天的时间。她又想,如果李叔叔不回信,她该怎么办呢? 她不知道,真的不知道。

谁想到,第五天的下午,黄梅收到了李叔叔的信,还有她急需的一万元学费。李叔叔的信里写了许多鼓励的话语,希望她努力学习,取得好成绩。李叔叔还说,她大学期间的学费和生活费就不用担心了,他们家经济状况非常好,由他们家全部负责,她只负责出好成绩。

黄梅顺利地走进了大学。她知道自己的学习机会来之不易,她十分努力。课余时间,她总是寻找勤工俭学的机会。她写信告诉李叔叔,她只希望李叔叔帮助她学费,她自己承担生活费。李叔叔立即告诉她,勤工俭学是必要的,主要还是学习,他承诺的生活费不减。自己挣的钱,你去买书、买衣服吧,女孩子应该打扮得漂亮一些。李叔叔还说,你阿姨现在开了一家饭店,虽然不是日进斗金,收入还是不错的。她每月按时收到生活费和学费;每逢节假日,她都会收到李叔叔和李阿姨的礼物。她也常常接到阿姨的电话,告诉她昨天收入了多少,今天收入了多少,然后她们就在电话里开心地笑,宛如一对亲昵的母女。阿姨还邀请她去南京玩玩。她多么想去南京看看李叔叔和阿姨,想想,她还是拒绝了。西安到南京需要很多钱,她不想额外增加李叔叔的负担。她想等自己工作了,她一定会去看自己朝思暮想的李叔叔和阿姨。

有了李叔叔的帮助,本该艰辛漫长的大学生活转眼就结束了,快得她都不敢相信是真的。由于不用担心学费和生活费用,她的学习成绩一直很好,还没有毕业,她就找到了一份可心的工作。因此,她领到她第一个月的薪水后,她觉得自己应该去看李叔叔一家。她知道,富有万贯的李叔叔虽然不在乎她微薄的礼品,她应该献上一颗感恩的心。她又想,李叔叔家该怎么样的富有呢?

终于到了南京,终于走进了李叔叔的家,没有想到李叔叔的家与他们在电话和信里所说是天壤之别。阿姨五年前就下岗了,一直在家,他们的儿子在北京上大学、读研,李叔叔单位的效益又很差,一家人的生活仅仅依靠李叔叔微薄的工资已是非常艰难了,他们还要资助上大学的她。看着李叔叔寒碜的小家,黄梅扑进李叔叔的怀里放声大哭。

抹去泪,黄梅问:"李叔叔,您为什么要这样呢?"

李叔叔一笑,说:"不为什么,就为了兑现自己的承诺,也为了实现一个女孩的梦想。"

红 夹 克

○王奎山

　　我们这里有所大学,新校区和老校区隔了有两三里路远。学生住在老校区,上课则要跑到新校区。在老校区和新校区之间,有一个叫付庄的村子。每天上学或放学的时候,公路上就会涌动着潮水一般的人流。骑自行车的,骑摩托的,如游动的鱼在人群中穿梭前进,铃按破,喇叭按烂,也没人理睬。每当这时候,付庄的人就会站在或蹲在路边看风景。看风景的多是些男人,他们的主要目标是那些漂亮的姑娘。

　　有一次中午放学的时候,有两个男生在人群中追逐着打闹。前边的一个男生跑,后边的一个男生追。后边的男生看看追不上,就从兜里掏出一截粉笔头砸那前边的男生。粉笔头没有砸着前边的男生,却落到了一个蹲在路边吃饭的付庄人的饭碗里。那是一个年轻人。他那天中午吃的是面条。他刚端了一碗面条蹲在路边吃(付庄的男人都爱蹲在路边吃饭),还没吃两口,啪,一截粉笔头落到了他的饭碗里。粉笔头落到饭碗里的时候,溅起了滚烫的汤汁,把那人的嘴唇和鼻子烫了一下。那人十分生气,忙抬头去看。这时,那闯了祸的男生也正尴尬地笑着望着那个付庄人。男生一边尴尬地笑,一边冲那付庄人说,对不起对不起。付庄人正在火头上,说,光说句对不起就行了?

男生有些困惑,说,你还要我怎样? 男生的同学忙过来帮腔,说,要不赔你钱,五元怎么样? 五元总够了吧? 但付庄人却不干,说,我一分钱也不要! 说着,抬手把一碗面条泼到了那闯祸男生的身上。男生的同学一下子跑过来五六个,又都是二十来岁的小伙子,火气大,抓住那个付庄人劈头盖脸地打了一顿。那天,那个付庄人确实吃了亏。

那个挨了打的付庄人是个有心眼的人。当时,冲上去打他的有五六个男生,他不可能一一地记住他们的面目,但他牢牢地记住了其中一个男生当时穿的是一件红夹克。

此后的几天里,那个挨了打的付庄人天天十分夸张地在手里掂一把刀,站在路边,盯着来来往往的大学生看,他在等那个穿红夹克的男生。他心里说,只要找到那个穿红夹克的男生,别的打他的人一个也跑不掉。

付庄人掂着菜刀在路边等了好几天,也没有等到那个穿红夹克的男生。来来往往的大学生看那个付庄人又蠢又傻的样子,都哈哈地笑。大学生们无端的嘲笑,更加燃旺了付庄人心中的怒火,他心里说,日你娘,总有一天叫你们笑不出来。

终于有一天,那个付庄人发现了一个穿红夹克的男生。其实,这个男生不是那个男生。这个男生只是碰巧也穿了一件红夹克而已。为了叙述的方便,我们姑且把第二个男生称为红夹克 B。付庄人发现红夹克 B 之后,二话不说,掂着菜刀就去追。红夹克 B 见势头不妙,慌不择路地逃跑了。实际上,这时候付庄人已经远远地离开了他的目标。闯祸的人没有打他,打他的人是红夹克,而他现在的目标是红夹克 B。如果这时候红夹克 B 及时地换下那件红夹克,也就平安无事了。但红夹克 B 不明白这一点。所以在此后的几天里,红夹克 B 一直都东躲西藏的,精神也一直处于高度紧张之中。红夹克 B 是个从偏远的乡下来的孩子,性格内向,话也不多,非常不善于与人交往。红

夹克 B 也不明白付庄人为什么追打他，他心想，这下子完了，不死也得落个残废。红夹克 B 的内心活动谁也不知道，只有他自己知道。他觉得自己正处在一个悬崖边上，只要再往前迈出一步，就没命了。

终于有一天晚自习的时候，红夹克 B 在教室里号啕大哭起来。红夹克 B 的哭声吸引了全班同学的注意，大家纷纷上前询问原因。当弄明白红夹克 B 失声痛哭的原因之后，有人哈哈笑了起来，说，你真傻，你又没有冒犯他，你们两个根本就互不相识，他之所以追打你，据我分析，极有可能是因为你身上的这件红夹克。脱掉这件红夹克，你就和别人没有任何区别了。红夹克 B 半信半疑地说，真的吗？那人说，不信你明天把身上的这件红夹克脱掉，我敢保证你不会再遇到任何麻烦。这时候，这个班里的班长说话了。他说，我完全同意你的分析，但却不同意你所提出的解决问题的办法。这时候，大家都不说话，等待着班长的意见。班长说，你那个办法虽然有可能解决问题，但本质上还是让他一个人去面对，完全没有体现出我们班集体的力量。然后，班长就说出了他的解决办法。班长的办法受到了全班同学的一致拥护，连红夹克 B 也有些兴致勃勃起来。然后，大家就开始分头行动。

第二天早晨上学的时候，那个付庄人又早早地掂着一把刀站在路边，等待着红夹克的出现。终于，红夹克出现了，但却不是一个人，而是二三十个人。有二三十个男生，每人身上都穿一件红夹克，排着整整齐齐的队伍，从那个付庄人面前通过。付庄人目瞪口呆地站在那里，一直到红夹克的队伍过完，他手里的菜刀"当"的一声掉到了地上。

十六岁的轻狂

○刘　玲

想起年少时的一些轻狂,我们总是疑惑,怎么会那样? 但在青涩的岁月,我们的心,别无选择。

十六岁那年的暑假,云淡风轻,我在家里等待读高中。热播的《十六岁的花季》为我展现了多姿多彩的高中生活,我没有女主人公俏丽的面容,但我确实和她一样,热爱生活、张扬个性,而且极具号召力,十六岁,很自恋的那一年。

我读的是县一高,我所在的班号竟然与剧中一样,是高一二班,这样遥远且虚无的巧合让我暗暗惊喜,现在想来,十六岁的开心如此简单。

我的同桌大我四岁,这个男孩子的家乡在大山深处,对于我,是很神秘的地界。但他不是没有见过世面的孩子,他因病休学的三年是在市里的哥哥家度过的。他总是给我讲一些新奇的故事,他的家乡,更是让我充满了神往。

高中生活展示给我的,远不是剧中白雪们的斑斓绚丽,而是枯燥和竞争,没有硝烟的征战让我极度忧郁。我的同桌,犹如洞悉了我的失落,除了天天收集笑话讲我,还负责给我擦桌子,给丢三落四的我保管车钥匙,带了山里的野味儿给大家分过以后,把大包的留给我。

优越的生活让我习惯于享受别人的关爱，所以像他这样长相一般的老留级生对我的好，我更是心安理得照单全收。

直到有一天他给我写了纸条，那些炙热的话语让我怀疑这样近的距离他怎么能有这么深刻的思念。

但我感觉羞愤难当。我认为被别人暗恋如同早恋一样，是可耻的，再则，他已经充分取得了我的信任，竟不知这样的好夹杂着这么复杂的阴谋，最最重要的是，他除了在班里有些威信，功课还算好之外，再没有什么魅力。我不想跟没有阳光长相的男生恋爱，被暗恋也不行。

十六岁的决裂来得很快，我立即疏远他，他对我还是那种不低架子不弯腰的好。如果他能像"花季"中的原野或欧阳那样洒脱，随便哪个，我都不会反应这么强烈。那时候的虚荣膨胀到这个秘密我甚至没有告诉我的密友，我觉得被一个没有品位的男生看上，是我的羞耻。

于是，我的高中生活陷入了极度无趣，不跟同桌讲话的校园生活一点也不吸引人，而且还要小心地包裹着在当时看来，如同惊天的秘密。

他却毫无保留地把一个成年人的痛楚，展示给了尚且懵懂的我们，他变得忧郁且易怒。我和他，手臂经常交错，甚至手指也会常常碰触，但，都被我一脸的漠然化为天涯的距离。

有一件事，导致了我对他的彻底爆发，他竟然在给我的一封信里写到他在梦中吻了我，而且详尽地描述了自己的感受。现在想想，当时他没有用晦涩的字眼，更没有涉及我认为的下流。但，我气愤极了，这个虚幻的"吻"字如同亵渎了我的身体。

暑假的前一天，我学电影里的情节，连眼神也和女演员丝毫不差，我撕碎了那些信扬在他脸上。绕过他走开的时候，我看到他的眼睛深深地闭上了。

这次，竟是永别。

开学，是在一个晚自习，多日不见的半大孩子头顶头叽叽喳喳地聊着，同桌还没来。可能是升了级，心智成熟了，我把他的那部分课桌和凳子抹擦干净。但只有几分钟，我就得到了消息——在我们放假的第九天，他因车祸永远地离开了。

秘密没能保住，他的舍友们帮他整理遗物时，发现了他的日记和几封写给我的信。那个年龄，虽然轻狂无知，但在逝去的同伴面前，这些大男孩仿佛一夜成长，男生们都知道有这么一本关于青春爱情的日记，但是，没有一个人用异样的眼光看我，甚至没有人问过我，他们对我投入了更多的关爱，因为，马上有人坐到了我身边。他们想让我觉得，我的身边不曾有人离开过。

翻越了几座大山，我们寻到了他的栖身之处，丘陵地带的一簇杂草中苍凉滋生。简单的祭奠仪式上，十六七岁的孩子们学着大人用传统的方式表达了自己的哀思，我们焚烧了他在校的所有物品，包括那本日记。点燃前，班长走到我面前说，你看一眼吧。我说不看了。

我后来的表现异常冷静。那段时间，我无数次想象，如果他重新拥有生命，我愿意为他做一切，包括嫁给他，一定嫁给他。

现在想想，如果重新来过，我一定选择，尊重他。

之所以在以后的日子里我能有很多宽厚的悟出，缘于，十六岁那年我亲历了一个生命的终结，一段情感的凄凉消亡。

十六岁的轻狂

我在北大等你

○朱占强

　　由于高考滑档，肖明的姐姐肖琳与国内一所重点高校失之交臂。除了委屈，肖琳无颜面对曾对自己寄予厚望的老师，于是她选择了去市里的另一所高中复读。

　　一个星期天上午，肖明正在家里做作业，屋门突然被敲响了。肖明打开门，看到外面站着一位漂亮女孩。女孩身穿月白色紧身夹克衫，水磨蓝牛仔裤，一根丝带很随意地挽起了黑亮柔滑的长发；打扮得淡定从容、不卑不亢，简约而不简单。

　　"您是——?"肖明礼貌地询问。

　　"叶紫雪，肖琳的同学。"女孩微笑说，"你是'小黎明'吧，琳姐和我说起过你！"

　　"小黎明"是肖明的绰号。肖明一时窘得满脸通红，嗫嚅着不知如何应答。恰好姐姐肖琳闻声而至，两个小女生亲热地手挽手走进屋里，才给肖明解了围。

　　肖明读高中二年级，是同学中出了名的帅哥。在情书泛滥的校园里，肖明经常收到夹有玫瑰花瓣的彩色信笺，信笺上情切切意绵绵的词句，是多情女生羞涩的爱情宣言。肖明对她们的示爱，总是以上学不谈恋爱为由婉拒。其实这只是肖明的托词。肖明的"傲"表现在骨子里,他觉得身边的女生要么俗艳,要么浮躁——一个人内心的充实,比虚有其表更重要。

也许是命中注定的缘分,看到叶紫雪的一刹那间,肖明有一种"蓦然回首,灯火阑珊"的感觉。如同平静的水面投进了一粒石子,在肖明的心湖里激荡起层层涟漪。肖明清醒地意识到,他爱上了叶紫雪,虽非刻骨铭心,却也难以遏止。

肖琳和叶紫雪是同学意义上的好朋友。因为即将面临高考,隔三岔五地,叶紫雪常去肖明家找肖琳研讨习题。叶紫雪的言谈举止、一颦一笑都让肖明着迷。每当看到紫雪,肖明心里就会油然生出一种无法言传的愉悦。偶尔交谈,叶紫雪总是戏谑地喊他"小黎明",肖明则直呼紫雪。肖琳不止一次地数落弟弟说,肖明,紫雪长你一岁,你该叫她姐姐才是,真不懂礼貌!肖琳责怪肖明时,紫雪非但不劝解,还偷偷地冲肖明眯着眼睛笑。

快乐的日子一天天逝去,不知不觉间,黑色七月如期而至。

在肖琳和叶紫雪眼里,黑色七月是她们一生中明媚无比的艳阳天。肖琳以优异的成绩被国内一所重点高校录取,叶紫雪更幸运,她竟然考上了北京大学。

去学校报到那天,亲友们都到车站为紫雪送行。肖明躲在站台一隅的人群里,默默凝望着紫雪的身影从视线里慢慢消失,背转身,肖明已泪流满面。

叶紫雪离开后的很长一段时间,肖明都茶饭不思,精神萎靡。尽管肖明清醒地意识到,他已经升入了高三,面临着人生最为关键的一场拼搏,但他却无论如何都驾驭不了自己的感情。肖明的臆想中常常出现这样的场景:一对恋人亲昵地手挽手走在北大校园里,他们展望人生,畅谈生活和学习……女孩是紫雪,男孩却不是自己。

单相思导致了肖明的学习成绩大幅下滑。在老师心目中,肖明最有希望成为学校的骄傲。班主任开始频繁地找肖明谈话，要他放下思想包袱，调整心态迎战高考，肖明知道老师误会了他的烦恼，但他却很难启齿与老师交流。

万般无奈之际，肖明试着向远在异地求学的姐姐倾诉了烦恼。姐姐的回信让肖明意外，既没有责怪，更没有奚落，而是嘱咐肖明，真正爱一个人，一定要坦诚地告诉她。

于是肖明把一腔爱慕诉诸笔端，郑重其事地给紫雪写了封信。也许出于女孩的羞涩，叶紫雪的回复很简约，她只在绘有爱神之箭的一张心形信笺上写了一句话：我在北大等你！

一切尽在不言中。如同遭遇山重水复后的柳暗花明，肖明心里豁然开朗……

一年一度的高考如期而至。肖明只报了一个志愿，目标——北大。命运之神真的很青睐肖明，由于临场发挥超常，肖明以全市文科状元的优异成绩如愿以偿。

肖明没有把自己的幸运告诉叶紫雪，他想给紫雪一个惊喜。

肖明再见叶紫雪，是在北大的未名湖边。那天阳光和煦，杨柳随风飘拂。叶紫雪和几个老乡同学聚在一起，他们要给肖明开一个庆贺Party。

一切准备就绪。主持人叶紫雪致过欢迎词，肖明突然说："现在郑重宣布，我和紫雪——"

大家哈哈大笑起来。

肖明疑惑地望着叶紫雪问："紫雪，怎么回事？"

紫雪微笑不语。

"小师弟，我是紫雪的男朋友……"旁边的一位男生走过来，拍了拍肖明的肩，笑了笑说："紫雪写给你的那封情书，是我们俩的共同创意。当然，在毕业之前，你还是有机会的。"

肖明顿时明白了其中的原委。他抑制住不让眼泪掉下来，紧紧握住了那位男生的手，激动地说："我也可以的，但现在不必了。真的很感谢你们，在我走进北大之后，给我上了非同寻常的第一堂人生必修课；让我明白除了爱情，生活中还有许多东西值得我们用一生去追求！"

舅舅是个文化人

○朱占强

　　我的父母都在铁路部门工作,父亲是乘警,母亲是列车员。他们一年四季南来北往,免费乘坐火车游览祖国的大好河山。工作性质决定了他们不能很好地照顾我的日常生活。这是没办法的事。更主要的,他们结婚前营造安乐窝时肯定被幸福冲昏了头脑,只考虑工作方便,选择了车站附近的铁路公寓。他们意识到将来会有孩子,却忽略了孩子会很快长大,需要一个安静的学习环境。

　　站在八楼我家的阳台上,整个车站便踩到了脚下。差不多每间隔十分钟就会有一列火车通过。晚上复习功课,习惯了多年的生活环境突然变得陌生,原来催眠曲一样的列车有节奏的铿锵声,现在变成了聒耳的噪音。尤其骤然响起的火车尖厉刺耳的笛鸣,更是弄得我魂不守舍。

　　高考关系到我的前途和命运。根据我一贯的学习成绩预测,考上"一本"应该问题不大。高考前的复习十分关键,把握不好的话,落榜也不是什么意外。

　　父亲说:"这样下去不行,肯定不行!"

　　母亲说:"是不行! 得想办法。"

　　"办法"最后落实到舅舅头上。在这座城市里,舅舅是与我们家唯一有血缘关系的亲人。尽管生活在同一座城市，父母的工作性质决定了我们两家极少往来。偶尔从父母闲谈的只言片语中，我约略知道舅舅曾在一家集体企业干过十几年，后来单位破产，舅舅成了失业工人。他们一家人现在靠贩菜维持生计，日子过得比较艰难。

舅舅家住在城西的棚户区，离我们学校不太远，夜里比较安静。按照母亲的说法，他们家的环境特别适合我晚上复习功课。我高考前这段时间的饮食起居，舅舅责无旁贷。当然，母亲再三强调，绝不会让舅舅吃亏，事后将给予他一定的经济补偿。

暂时住进舅舅家里后，我发现他们家的生活状况远不似母亲说的那样糟糕。且不论每顿饭差不多都是四菜一汤，荤素搭配合理。即便普通的饭菜，经舅母的手一拾掇，绝对有香有色有味。我劝舅母不必太客气、太铺张。舅母笑笑说，卖菜的缺少了菜吃，卖米的怕该饿死了！我们每天都这样。

每天天不亮，舅舅便骑上三轮车去市里批发蔬菜，然后拉到离家不远的农贸市场零售。傍晚的时候，再把卖剩的菜拖回家。出乎我的意料，舅舅竟然是一个有思想、有文化的人，特别爱读书。舅舅读的书种类很广泛，政治、经济、历史，包括文学类的都看。

每天吃过晚饭，舅舅便钻进我的临时卧室兼书房。我复习功课，舅舅坐在旁边看书。一直陪我学习到深夜，陪我吃过夜宵，才回舅母的房间休息。有一次，我半是揶揄地和舅舅开玩笑说："舅舅，没想到您老还是个文化人哩！"舅舅咧咧嘴，憨憨地笑了笑："活到老，学到老嘛。当年参加高考，如果不是差两分落了榜，没准我和你妈一样，现在坐着火车全国旅游呢！"

舅舅的言行鼓舞着我，我没理由不更加努力。

高考结束。在家等待录取通知书的某一天，母亲带我去看望舅舅。母亲特意捎上五百元钱。我和母亲一路闲聊。后来聊起舅舅，我

下意识说了一句:"真不可思议,想不到舅舅一个卖菜的,竟然是个文化人。"母亲似乎有些意外,她皱起眉,诧异地问:"你舅舅怎么是个文化人呢?"我说:"舅舅爱读书,每天都陪着我读书读到深夜……如果舅舅当年考上大学,现在肯定比我爸强。"

母亲笑了。满脸的不屑,是嘲笑。笑过之后,拍了拍我的头,说:"傻儿子,你舅忽悠你呢,他从没有进过校门,压根儿就是个文盲。"

舅舅是文盲?

刹那间我愣住了。鼻子发酸,心里有一股热流在涌。

把你交给你自己

○艾 苓

　　你似乎不大情愿来这个世界，预产期过了二十五天，你才姗姗来迟。出生后不哭，先睁开一只眼，助产士倒提着你拍打半天，你才象征性地哭了两声，算是宣告平安。在助产士的手里，你四肢瘦长，皮色灰黄，特像一只猴子。

　　可你不是猴子，孩子，你是作为纪念品问世的。这么说，有点荒唐，不负责任，但我不想说谎。年轻的时候，我和你爸爸很穷，最穷的两年熬过来了，是我执意要孩子，作为我们相爱的纪念，很多物品会随时间老旧，一个日渐长大的孩子却比我们的生命更长久。

　　随着你日渐长大，我看到了我的自私和愚蠢。不管多么弱小，你都是一个鲜活的生命，独一无二，任何东西附加在你身上，都太不公平。在后来的岁月，我们只是一对普通母子，我是你妈妈，你是我儿子。有时想想很可笑，我是引领你出生陪伴你长大的妈妈，如此重大决定，我却没有征求你的意见，擅作主张。如果有一天，未来世界的孩子可以选择是否出生，选择自己的父母，那一定是人类历史上的最重大发明，那对孩子们更公平。

　　孩子，你曾经是个精灵，用湿漉漉的眼睛打量世界，用灵敏的四肢触碰世界，惊喜不断，语出惊人。借助你的眼睛，我也看到了一个湿漉漉的世界,风穿着透明的鞋子,树站着睡觉,月亮是位老熟人,每次见面要打招呼。随着你日渐长大,我却日渐焦灼,我们面对的,是一个庞大的应试教育流水线,应试教育已延伸到幼儿园。

送你去幼儿园,本想让你和小朋友尽情游戏,那应该是另一个童话世界,老师却要求你们坐在板凳上学习 a－o－e,1－2－3。换了两家幼儿园,也还是 1－2－3,a－o－e,a－o－e,1－2－3,回家还要完成一定量的作业。对这种不人道的幼儿教育,我本能拒绝,但我不能把你私藏在家,与世隔绝,我没有其他选择。三年以后,你的眼睛不再湿漉漉的。五年以后,你的鼻梁上多了眼镜。我熟悉的精灵不见了,流水线上的你,是个背大书包的小学生,流水线下的我,是个无奈的陪读妈妈。

我不是合格的陪读妈妈,不大强调分数,总想给你"减负",你的成绩忽上忽下,基本中等偏上。我看重做人,你成为阳光男孩。我强调独立,你初二就曾到小吃部干活,初中毕业后自己出门远行。随着你日渐长大,我对你的影响日渐微弱,更多的人在影响你,你也常受周围环境左右。

受周围环境左右,你开始逃脱我的视线去网吧,在网络游戏里打打杀杀。我曾问你:在家可以玩游戏,为什么还要到网吧玩? 你反问我:家里饭菜都有,你为什么还要和朋友到餐馆吃饭? 你解释:在网吧玩联机游戏,网速快,特过瘾,就像你们在餐馆聚会一样开心。你说:放心吧,我能管住自己,不会像他们总去餐馆,吃起来没完。实际上,高中三年你经常管不住自己,大家都在高考流水线上争分夺秒,你却跟"他们"在网络游戏里争分夺秒。

朋友们经常问:儿子你管得怎么样? 我说:我没管好他,我只能管好自己。我不知道该做什么,说什么,但我起码知道不该做什么,不该说什么。有人说,孩子要三分教七分等。不管有没有耐心,不管在什么节骨眼上,我都得等。

还有半年高考,你上课睡觉的时候少了。还有三个月高考,你跟我说:我发现,无论将来走哪条路,我都绕不开高考。我还是不喜欢学习,但是我得努力了。在流水线上半醒半睡十几年,你终于彻底醒了。

选择院校的时候,你选择了远方,随后选择了买硬座车票,独自报到。你已经十八岁了,应该这样。

没有依依惜别,恋恋不舍,看着你拖着大包小包进了候车室,我和你爸爸转身离开,步履飘飘。当时,我若伸开双臂,再轻轻起跳,一定可以腾空而起。把你交给你自己,我终于轻松了!

朋友说,你是我的作品,在你身上有我的影子。

如果算我的作品,你也是"半成品",我只写了一半,遗憾很多,剩余的部分你自己好好写吧。

一个女孩儿的天荒地老

○崔　立

女孩儿上初一了。上初一的女孩儿正是风花雪月、充满幻想的年龄。

那一天，女孩儿如往常一样回了家，发现家里还是空荡荡的。爸没回，妈也没回，想找点东西吃找点水喝，可锅是空的，水也是凉的。没奈何，女孩儿只好打开冰箱，冰箱里也是空空的，女孩儿就闷闷地关了冰箱门。

女孩儿拨通了爸的电话，女孩儿听见了一声"喂"，然后爸告诉她，他正在忙，有事找你妈吧。然后，电话就给挂了。女孩儿又拨通了妈的电话，电话响了半天，却一直没人接。然后，女孩儿就挂了电话。

挂完电话，女孩儿出了门。女孩儿肚子有些饿，口也有些渴了。女孩儿去了门口的小饭店，又去了不远处的超市。女孩儿喂饱了自己的肚子，又抱回了满满当当两大袋的零食和水。

到家后，女孩儿就坐在客厅里的沙发上，然后摁开了电视。当电视调到一个爱情剧时，看着美轮美奂的画面和金童玉女般的男孩儿女孩儿，女孩儿想起了什么。女孩儿就爬下了沙发，女孩儿去拿过自己的书包，小心地把书包里的书本拿了出来，女孩儿还从书包里拿出了一封信，一封让女孩儿脸红的信。

女孩儿很认真地读着这封信,女孩儿把自己读到心跳加速。

好半天,女孩儿终于把信读完了。女孩儿放下信,又继续看着电视,女孩儿仿佛看到电视里的女孩儿就是自己,和电视里的那个男孩儿,一起在那春光烂漫的天空下自由玩耍。蓦地,女孩儿发觉自己的脸有些发烫。

女孩儿就从书包里拿出了一沓漂亮的信纸,女孩儿忽然觉得自己也应该做些什么了。女孩儿就摊开了信纸,在上面写了起来。

写了一会儿,女孩儿发觉自己并不满意,女孩儿就把写了一半的信纸撕了下来,女孩儿继续在另一张信纸上写,如此反复几次,女孩儿终于长吁了一口气。女孩儿终于把信写好了。

当然,女孩儿也不忘把那几张写废的信纸收拾掉。一切,都似乎处理得很圆满。

然后的一天又一天,只有很少的时间,爸妈是在家的,然后就能听到爸妈不停的争吵声,从责骂到呵斥,这样的声音此起彼伏着。女孩儿就总是掩上自己的耳朵,然后重重地关上自己房间的门。但在大部分时间,女孩儿都是一个人在家的,女孩儿又会坐在沙发前,然后边打开电视,边从书包里拿出一封封的信,女孩儿的信越来越多了。

有一次,是女孩儿的一个疏忽吧。女孩儿不慎将自己写的一封信遗落在了沙发上,女孩儿收拾其他信时,忘了把这一封一起收拾进去了。

然后就是第二天到家时,女孩儿走进房子里,以为家里没人。以往,家里有人时,还没到家门口时,就能远远听到阵阵激烈的吵架声。可这次,女孩儿打开房门,竟意外地看到爸妈很平静地坐在沙发上,都很认真地看着自己。

女孩儿有些纳闷,没吵没闹,这太阳是从西边出来了吗?爸忽然拍了拍沙发一角,让女孩儿坐。女孩儿又看了看妈,就走过去,坐了下来。爸竟一改往日严厉的神色,很温柔地问女孩儿,最近好不好? 学习重不重? 女孩儿更纳闷了,但女孩儿还是一一回答了爸的问题。接着,爸似乎是开玩笑一样,给女孩儿讲了个故事,一个关于涩涩的青果的故事。爸还告诉女孩儿,青果是酸酸的、涩涩的,但如果长熟了,长成红果,就是甜甜的,味美又甘甜。

女孩儿满是不解地听完爸的故事,然后女孩儿看向沙发另一边的妈,就发现了妈手中的信,一张女孩儿昨天写的信。还有一个大纸袋,女孩儿藏在房间内放那些信的大纸袋。女孩儿有些明白爸妈的反常了,女孩儿的脸,不自觉的,就有些发烫起来。

妈张了张嘴,女孩儿以为妈会责骂她。妈平时责骂起她和爸来从来是毫不留情的。可这回,妈居然没有骂她,妈竟一脸慈爱地摸了摸女孩儿的头发,居然给女孩儿讲解起女孩儿写的信,还给女孩儿解释着一个个成语,天荒地老、海枯石烂……

临最后,爸妈说,他们相信,女孩儿一定会处理好这一切的。女孩儿满是忐忑地点着头,然后进了房间。女孩儿还被允许把那些信一起带回了房间。

第二天、第三天……女孩儿回家时,总能看到爸妈,或是坐在沙发上看着电视,又或是在忙着烧饭,再没有任何的吵架声,当然,女孩儿也再没在客厅里写信了。女孩儿还把以前的那些信都扔了。

那一个晚上,女孩儿在客厅和爸妈聊了会儿天,女孩儿就进了自己的房间,然后紧紧地关上了门。

女孩儿从书橱的一个隐蔽的角落拿出了一本精美的带锁日记本,女孩儿很认真地在上面写着:……自那些信被发现后,爸妈再没吵过了,也能按时回家了,每天一回家,总能看到爸妈,这样的生活,也正是我所期盼的,看来,把那些信作为道具还是比较成功的……

师　魂

○申永霞

　　天上的星星还没有散，鲁老师就走出了村外。

　　他回头望望小水湾还在沉睡，像一位少女的安眠，安静而温柔。村里的几只大狗汪汪叫着为他送行，鲁老师继续向前走。

　　他的步伐没有往常那么快，也没有往常那么轻。他的肩上背了一个很结实的尼龙袋，此刻它们像增加了双倍的力量一样，压得他整个的人矮了下去驼了下去。鲁老师没有感觉到累。

　　因为他的心思已经像长了翅膀一样飞远了。

　　他仿佛看见了他的教室变了样，娃儿们背着书包来读书，再也不会像从前那么受罪。虽然也不能像城里的孩子们那样想啥有啥，但他们至少不用在冬天塞着稻草夏天塞着抹布的房子里读书。鲁老师无数次固执地认为：一个教室的门窗如果安上的不是明晃晃的玻璃，而是抹布与碎草，那是很没有教室的样子的。

　　况且，那些东西阻挡不住好奇的牲畜。在鲁老师上课的时候，会从抹布做的窗户飞来母鸡，猪、狗们也会进来嗅嗅学生们的腿脚，然后像个学生一样趴在地上瞪着好奇的眼睛望着鲁老师。学生们虽然习以为常，鲁老师却觉得忍无可忍。

　　更有一次，一头牛也跑来捣乱，大摇大摆地进来，怎么也劝不走。

最后硬是校长过来背着扛着把牛给弄走了。学生们哈哈笑了半天。

鲁老师曾多次找过校长,校长也多次找过鲁老师。缺钱不是缺别的,缺钱是一件很没办法的事,在这山沟沟里。逼急了,校长就高声大嗓喊:怎么办呢老鲁,我都恨不得卖了自己的裤子给你买几块玻璃安上。鲁老师一听这话,扭头就走。他不是生气,他也是没办法。有谁爱买校长的裤子呢,他又不是明星。

还得自己想法子。

没想到法子真的想出来了。他们小水湾村的周围,山谷山顶长满了苜蓿。苜蓿每年开一种紫色的蝶形花,小水湾一年四季镶嵌在青山绿水与蝶形花里,如果不是因为穷,小水湾的村民们愿意当风景一样日日欣赏自己身边这天赐的美景。

苜蓿花开花败,果生果落,顺其自然,平日除了牛羊来吃,风吹雨打,没人再去注意它。有一天,鲁老师听广播,从收音机里得知苜蓿果是一种很珍贵的药材。能给女人美容给男人降压。鲁老师听到这里,不由得笑了。天天听广播,他也晓得如今这两件事都是山外面的大事。

他一连笑了几天,学生们从没见老师这么高兴过。

笑够了,学生们便看见他们的鲁老师像个疯子一样穿梭在漫山遍野的苜蓿丛中,下了课他背个空袋子上山,上课了他就像旋风一样扛着沉甸甸的袋子回来,满脸的神采。

有几次被校长也看见了。校长截住他,数落他:老鲁你是不是背金矿回来了,整天忙得跟蝴蝶一样不好生带学生……鲁老师只是眯眯地笑,深褐色的泥土陷在他深褐色的皮肤里,脸像煮熟了的红薯皮。

山里的苜蓿被鲁老师摸了一遍。

这天的黎明还没来到,星星还在眨眼,鲁老师就出发了。

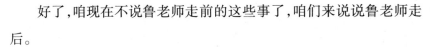

好了,咱现在不说鲁老师走前的这些事了,咱们来说说鲁老师走后。

鲁老师走了,不见了,消失了,像被大风吹跑了一样。连个招呼也不打。鲁老师的家里乱了套,大人小孩哭成了一团,因为家里从来没发生过这么大的事。学校里也乱了套,这所小水湾学校除了校长,就只有一个鲁老师。学生们一下没有了老师,不知道是兴奋还是张皇,在院子里像羊群一样跑的跑,叫的叫。村里的鸡鸭也赶紧跑来凑这个热闹,一时可真热闹了去了。张校长急得一会儿跑去赶鸡鸭,一会儿挥着同一枝荆条在教室里喊:坐下,坐下。孩子们也喊:莫坐、莫坐,座儿上有鸡屎哩。教室里笑着叫着没完没了。

没有了鲁老师,一切全变了样。张校长成了最伤心的一个人,他不能眼睁睁地让孩子们丢下书本撒野——这是最让他痛苦的一件事。他有心教他们,但完全没有鲁老师的招法,孩子们全无心要学。因此,他只能天天在村里的大喇叭里一遍一遍地呼喊:老鲁,老鲁。像呼唤前线上一个失踪的战友一样深情而焦急。

五天后,他的老鲁终于回来了。唔,他真的成了一个名副其实的老鲁了。他更黑更瘦了,皮肤下面的青筋像蚯蚓弓起了腰一样,他的嘴唇干裂,像一块树皮一样。但从他的眼睛里,多出了一层亮的光,这层光使他整个的人显得那么有精神,像一块黑暗中的金子。他一直没舍得露出来的右手此刻终于从裤兜里掏了出来,手里的钱币被他的汗水粘在了他的手掌上,真像长在了他手掌上一样。

他还来不及多说话,张校长一拳砸在了他肩上,砸得他像个树桩一样晃了几下。

鲁老师回来了,教室的玻璃安上了。

此刻,鲁老师站在四周明光的教室里,内心涌出一种幸福与愧疚。将苜蓿变成钱,远远不像他想象中的那么简单,他现在觉得最对不起的是张校长,他知道在那五天,再也没有比张校长看着满院乱飞的学生们而束手无策更为痛苦的事了。

空 彩 蛋

○闻春国

　　杰里米生来身体畸形,思维迟钝,到了十二岁时,还留在二年级,
似乎什么也学不了。他的老师,多丽丝·米勒,经常为他感到烦恼。
上课时,他总是坐在座位上不停地扭动,满嘴流着口水,并发出一阵阵
呼噜声;而有时候,他又言语清晰明白,仿佛有一线亮光射进了他那蒙
昧的心灵。然而,在多半时间里,杰里米只会让他的老师感到恼怒。

　　一天,多丽丝给他的父母打了电话,要他们来学校商谈。福里斯
特夫妇走进空荡荡的教室,多丽丝说道,杰里米真的应该送到一所特
殊学校。要他和那些年龄较小而智力正常的孩子在一起学习确实是
不公平的。呃,他与那些同龄孩子在智力方面可能相差五年。

　　福里斯特太太听了默默地流着泪,福里斯特先生也显得有些无
奈,他说:"米勒小姐,我们附近没有这类学校。如果我们强行把他从
这里转走,对杰里米来说那将是一个可怕的打击,我们知道他的确喜
欢这里。"

　　福里斯特夫妇离开后,多丽丝在那里坐了很久。她凝视着窗外的
皑皑白雪,似乎有一股彻骨的寒气沁入心底。她对福里斯特夫妇的不
幸遭遇寄予同情。毕竟,他们唯一的孩子患上了不治之症。但是,让
杰里米继续留在她的班也有失公平。她还有其他十八位学生,杰里米

只会让人操心，而且，他也绝对学不了什么，为什么还要再浪费时间去尝试呢？

一想起福里斯特家的现状，她的心中不禁涌起了一种负疚感。她心想，与那个可怜的家庭相比，我的困难又算得了什么，我还有什么理由在这里抱怨呢？上帝，请给我更多的耐心去帮助杰里米吧！

从那以后，她努力不去理会杰里米发出的噪声，不去理会他那木然的凝视。

后来有一天，杰里米拖着那条病腿一瘸一拐地走到她的讲台。"米勒小姐，我爱你。"他喊道，声音之大整个教室都可以听得见。其他学生都在窃笑，多丽丝脸上一阵羞红。"噢……噢，杰里米，表现不错。现……现在，请回到你座位上去。"多丽丝结结巴巴地答道。

春天来了，孩子们兴奋地谈论着复活节的到来。多丽丝给他们讲述了耶稣的故事，并强调新生命的勃发，然后，她给每个孩子发了一个塑料大彩蛋。"现在，希望你们把这个彩蛋带回家，明天再带回来，你们要在里面装一个能够昭示新生的东西。你们明白了吗？"

"明白，米勒小姐。"除了杰里米，所有的孩子都热烈响应。杰里米在专心致志地听着，他的眼睛一刻都没有离开多丽丝的脸。他甚至没有发出平常那种噪声。他是否理解她所说的耶稣之死和复活的故事呢？他明白这项作业吗？也许她应该给他父母打电话，向他们解释一下。

那天晚上，多丽丝厨房里的水槽被堵塞了。她给房东打了电话，为此等了一个小时才将它疏通。随后，她还得去采购一些日用品，熨烫一件短外套，还要为第二天准备一份单词测试，结果把给杰里米父母打电话的事完全忘了。

第二天早晨，十九个孩子来到了学校，有说有笑地把装有彩蛋的大篮子放在米勒小姐的讲台上。

上完数学课便是孩子们期待已久的庄严时刻。

打开第一个彩蛋，多丽丝发现里面有一朵鲜花。"哦，不错，鲜花当然象征着新的生命。"她说，"当幼苗从地面上破土而出时，我们就知道春天来了。"

坐在第一排的小女孩举起了手。"米勒小姐，那是我的彩蛋。"她喊道。

下一个彩蛋里包含着一只塑料蝴蝶，看起来非常逼真。多丽丝把它捧了起来。"我们都知道，一条毛毛虫会慢慢演变，然后长成一只美丽的蝴蝶。是的，这也是一种新生。"

利特尔·朱蒂骄傲地露出笑容："米勒小姐，那是我的。"

接着，多丽丝发现第三个彩蛋里有一块长有苔藓的小石头。她解释说，那苔藓同样也显示出生命的活力。这时，比利从教室后面站了起来。"我父亲帮我做的。"他笑着说道。

然后，多丽丝打开第四个彩蛋，不禁叹了一口气。彩蛋是空的。她想，这肯定是杰里米的。显然，他并没有明白她的要求。要是她没有忘记给他父亲打电话那就好了！其实，她也不想去为难他们。多丽丝轻轻地把它放在一边，伸手去拿下一个彩蛋。突然，杰里米大声说道："米勒小姐，你怎么不说说我的彩蛋呢？"多丽丝心里感到有点不安，"可是，杰里米，你的彩蛋里面是空的。"她答道。

杰里米注视着她的眼睛，轻声地答道，"是的，可耶稣的坟墓也是空的呀！"

时间一下子停止了，过了一会儿，多丽丝回过神来，"你知道那墓中为什么是空的吗？"

"哦，知道。"杰里米答道，"耶稣被杀后埋在那里。后来，圣父让他复活了。"

放学铃响了。孩子们兴高采烈地离开了校园，多丽丝哭了。她内心积郁已久的那股寒意完全被融化了。

　　三个月后,杰里米死了。前来吊唁的人们发现在骨灰盒上面放着十九个彩蛋。所有的彩蛋都是空的。

想和老师说再见

○侯建臣

乡村的清晨来得很慢。

霞早就知道老师要调走了。

霞不敢主动和老师去说再见。一想到自己专门到学校去和老师说再见,她的脸就红了。

霞自己对自己说,脸有什么好红的,不就是和老师说句话吗? 但这样她的脸反而更红了。

老师走的那天,霞起得比以前还要早。她穿了那件只有过年才穿的衣服,拿出放在柜子里的口红,开始往嘴唇上涂。那口红还是在城里的嫂子回家来住时给她留下的,只有出门的时候,她才悄悄地涂涂。涂着涂着,她又都用布擦了。她觉得涂上口红后自己变得不像样子了。涂涂擦擦,口红快用完了。

霞早早地在星星的陪伴下朝着村子东面的另一个村子走去。清晨的寒气让她的身子凉凉的。霞不知道是清晨真的凉,还是自己出的汗让风吹凉了。

天快亮了,霞开始从那个村子往回走。霞只是想让老师知道,她是从另一个村子回来,正好遇到老师的。霞还在心里一遍一遍地说:我是从我姥姥家返回来的,我真的是从我姥姥家返回来的。好像怕谁不相信似的。

霞走得很慢,她的眼睛一直看着前面。她好几次好像看到前面有个人影,其实只是路旁的一棵树。霞不知道自己为什么在这样一个早晨总是看错了什么。

我一定要和老师说再见。霞一遍一遍地对自己说。

不就是说个再见吗? 有什么大不了的。霞很自信地对自己说。

再见,李老师。霞大声说。霞说完以后,吓了一跳。霞想,这是自己的声音吗? 霞的心跳得咚咚的。霞就四周看看,然后伸伸舌头。

老师终于出现了。真的是老师出现了。

霞揉了揉眼睛,霞怕再看错,就使了劲揉,但这一次没错。那就是那个每天早晨早早地起来跑步的李老师,那就是那个边跑边朝霞笑,还说"你好啊!""你早啊!"的李老师。

霞心跳得更厉害了,离老师越近霞越想朝另一条路走。但霞硬着头皮告诉自己:我一定要和老师说再见,一定要。

霞一直在心里告诉自己,我是刚从我姥姥家回来的,正好就碰到了老师。

霞又想,有谁这么早就从姥姥家回来的? 霞又想,我就是这么早从姥姥家回来的,怎么啦!

霞想着这些,霞和老师的距离越来越近。霞听到了老师的脚步声,霞好像还听到了老师出气的声音。霞的步子急急的。霞知道老师看着自己,但霞不敢抬起头来。那些个早晨总是这样的,霞每天都起得很早,她的母亲瘫了好几年了,霞每天早晨要早早起来给出工的父亲和上学的弟弟妹妹做饭,还要做猪食。霞早早地从街外边的柴火堆上抱柴回来,正好碰到老师跑步回来,老师总是看着霞说,你好。霞总是头低低地步子急急地抱着柴回家,连一句话也说不出来。

有好多次,霞都要自己说一句什么话,在老师说完"你好"以后,或者干脆在老师还没有说出话来的时候，但霞一直没有说出来。有好几次老师说霞你为什么不上学啊，霞不知道该怎么回答。霞其实是很想上学的，但霞没和老师说。老师给了霞好多书，有小学课本，还有故事书。老师在村里待的时间长了，就知道霞不上学是因为家里穷，老师就给了霞好多书，还让霞不懂的时候来找她。霞就常看老师给她的书，不懂了就问上小学的孩子们，但她一次也没敢去问老师。每次路上碰到老师，她总能看到老师目光里对她的惋惜，但同时也有鼓励。霞总是想，老师真好。

老师给了霞好多书，霞一直想感谢老师。霞在许多个晚上把话都想好了，但到了早晨，要说的话都忘了。看着老师从那条路上跑远，霞就一直在心里埋怨自己。霞的话一直没有说出来，老师却要调走了，所以霞就告诉自己，说啥也要和老师说再见的。

老师的脚步声更近了。霞感觉自己的嘴皮子都开始颤了。

"你好，你总是早早的。"霞听见了老师的声音。霞说："我……我……我……"

霞把自己想跟老师说的话忘了。霞急急地像从前一样从老师的身边飘过去。

霞由不了自己，霞的腿让霞急急地就从老师的身边飘过去了。

飘了好长时间，霞才清醒了许多，霞又想起了她想说的话，她要和老师说再见。

可是老师已经走远了。

霞生气地骂着自己，然后扭过头来，可是霞已经看不见老师了。老师已经走下了很远很远的那个土坡。

看着老师刚走过的那个坡，霞突然大声地喊："老师，再见——"

霞真的喊出来了。真切地听着自己的声音，霞的脸上已满是泪水。

十七岁,温暖的酸汤面

○王世虎

　　那年,我刚满十七岁,因为家境贫寒,高中还未毕业,就和村里的大人们一起去南方打工。很快,我就在广州郊区的一家箱包厂找到了工作。

　　我应聘的是质量检验员,这个工种的活儿不累,但要求从业人员必须谨慎细致。我很珍惜这个来之不易的机会,干得很认真。厂里的工友们得知我年纪小,在各个方面都很照顾我。然而,年龄上的差距还是让我感到了不适,宿舍里的八个男人,除了我以外,都是结过婚的,每天下班后,没什么事干,他们除了聚众打牌喝酒,就是在一起讲黄段子和谈论女人。时间一长,我便觉得这种日子过得极其无聊和空虚,心中的大学梦重新燃烧起来。正好离工厂不远处有一所大学,我便决定以后下班后就去那里复习功课,来年继续参加高考。

　　那天,像往常一样,因为看书太投入,走出校门的时候,已经夜里十点了。我感到肚子疼痛得厉害,这才想起来,自己连晚饭都没吃。这段时间总是这样,因为落下的功课太多,我只能强迫自己每天死啃书本几个小时。离工厂宿舍还有一段路程,街上已是一片漆黑和沉寂。看来只能回去泡方便面了,我拖着疲惫的身体,一步步往前挪动。

　　忽然,前面一盏昏黄的灯光吸引了我。我惊喜——还有一个小吃摊没打烊，一对中年夫妇正坐在那里悠闲地聊天。

我像饿狼似的扑了过去："老板，还有吃的吗？"

"有呢，正宗的酸汤面。"女人笑着说。

"快给我上一大碗。"

面做得真好吃，完全手工的，汤料也不错，醇香，酸而不腻。我吃得满头大汗，女人不停地劝我："不要急，慢点吃。"

末了，我问："你们明晚还出来吗？"

夫妇俩显然吃了一惊，面面相觑，女人爽朗地笑："好啊！"

第二天晚上，我果真又遇见了他们。夫妇俩像事先准备好了一样招待我，让我受宠若惊。此后的每天晚上，我都能吃到热乎乎香喷喷的酸汤面。因为那个时段的顾客不是很多，有时我也和他们闲聊一会儿。

渐渐地，我知道了，夫妇俩是从湖南乡下来的，和我是老乡，女儿在这所大学念大四，因为要考研，正在抓紧最后的时间复习。他们心疼女儿，便不辞辛苦南下照顾女儿。白天，他们做一些小生意，晚上便出来卖小吃，赚些生活费用，等女儿上完自习出来后也可以给她做一碗热乎乎的面。我在心里庆幸：自己的运气可真好，遇见了这等好事情！

转眼间，便到年底了。这天晚上，我照例从自习室出来，忽然，一个戴眼镜的女生拦住我，问："你就是那个每天去吃酸汤面的男生吗？"

我点点头。看来，她就是中年夫妇的女儿了。

"同学，我求求你了，不要再这么晚去了，可以吗？"她激动地说，"我妈有风湿病，受不了寒的。"

我一脸疑惑："我……"

"你知道吗？我爸妈是为了我才出来摆摊受苦的。上个星期，我

研究生考试已经结束了,可他们因为你还继续坚持到那么晚⋯⋯算我求你了,饶了我妈,可以吗?"女生几近乞求地说。我恍然大悟——原来,女孩上个星期就考完试了,可她父母却为了我,还在寒风里撑着⋯⋯

我夺门而出,大步流星地跑了出去。老远,我又看见了那盏昏黄的灯光。中年夫妇正守候在那里,刺骨的寒风迎面扑来,是那么冰冷。

"哟,今天怎么这么早放学啊!"看见我来,男人忙揭开锅开始下面。

"叔叔,你别做了。"我拦住他,哽咽着说,"叔叔阿姨,我都知道了⋯⋯感谢你们这些日子对我的照顾和关心,让我有了家的温暖。你们的酸汤面很好吃,比我妈做的都好⋯⋯谢谢你们!可是我不能再让你们为了我受苦了。"

女人刚想解释什么,忽然看见了后面的女儿。她沉默了半晌,只轻描淡写地说了一句话:"都是离家在外的孩子,做爸妈的哪能不心疼呢?"

一句话,只有这一句话,凛冽的寒风中,我良久无语,已是泪流满面。

第二年,我如愿考上了西安的一所重点大学。以后的生活中,无论遇到多么大的挫折和困难,我都没有轻言放弃,因为十七岁时那碗温暖的酸汤面,不仅让我懂得了什么是爱,更教会了我坚强和勇敢!

你是我的重点

○夏妙录

十六岁那年我异常憎恨"重点"二字，原因是我在与"重点"二字对立的差班里。我们学校每年都给初三学生分班，把学习好的集中在一个班，叫重点班，其他的班级叫平行班，平行班就是差班、垃圾班。

我进入垃圾班的一段时间内，非常迷恋一种扑克牌游戏，叫"拱猪"。吃饭时，母亲常找不到我。

开始我们不玩钱，只拿输牌的人当猪取乐，让他用嘴唇拱开众多叠放着的扑克牌，像猪寻找食物般，寻找那张我们藏匿的"猪"——黑桃Q。找到黑桃Q再用嘴叼出来，才算由猪演变为人，可以挺直腰杆继续下一轮游戏。

让我们觉得倍感解气的是，我们商议好拿输牌的人当校长或给我们上课骂我们垃圾的老师，向他大声喊叫："蠢猪！笨猪！猪头！猪脑！"或者扯开嗓门粗声粗气地模仿猪争槽抢食的声音，还拿手指戳他的头，"猪"一概不生气。这种指桑骂槐的场面，说有多刺激就有多刺激。

在这样的场面下，母亲喊我吃饭的声音就显得很是苍白无力。

直到父亲的出现。

父亲手上总是挥舞着木棒，嘴里吆喝着："你这个猪头！"我在吆喝声中躲避着父亲手中的棍棒,悻悻回家。

后来,记得是在我被数学老师扇了耳光、又让班主任叫到政教处挨了几个"飞毛腿"之后,我建议把"猪拱食"的环节省略,让输牌的人拿出一分两分或五分的硬币代替。输的钱充公,交我保管,等到数目够我们去一趟县城,我们就集体逃课去县城见见世面,顺便找点事做,永远不回那个垃圾班让人看轻。

父亲发现扑克牌边上有硬币后,他手上的棍棒的作用就不只是起威胁作用,常常冷不丁就落在我的背上、腿上、手臂上。让我在剧痛中丢下钱,像只受惊的老鼠几下子蹿进山林不敢出来。

直到母亲来召唤。

母亲不是我的生母。在我咿呀学语时,生母的娘家人教我喊母亲为姨,我很不懂事地喊了她十六年。其实她为了我宁愿不生育,她说只有这样我才能成为家庭教育的重点。

有一回我逃学去玩"拱猪",又被父亲捉住。一阵乱棒之后,父亲叫我滚得远远的,别再回家,那样他就可以让母亲生一个听话像样的儿子或女儿。

这话比木棒落在我身上更痛,痛得很彻底。

我瘸着腿回家整理衣物。反正读书读得很窝囊,没人拿我当重点,倒不如出去打工,永远不回来受气。

那时,"永远"这词很有感伤力度,常把自己感伤得英雄气短:早上第一节课刚打算离家出走,第二节课就改变主意。但是,这回很坚决了。

是母亲拦下了我。母亲扯着我的行囊说了一大堆的好话,有句话让我的心颤抖了一下。她说,你永远是我的重点。

自从分进了差班,我就对"重点"这个词特反感,但是从母亲口中出来的这词却让我流了泪。我知道她真拿我当"重点",尽管我进了差班成了垃圾学生，不可能考上好的学校。

在我拒绝中饭和晚饭后，母亲又来到我的房间守着我。打小我有什么心思都逃不过她的眼睛，她知道我想趁着夜色离开家。

母亲在灯光下守着床上的我，同时守着书桌上的饭菜。

母亲说，你把姨当重点吗？

我在心里默认了，但不出声。

母亲又说，你别让我唯一的儿子饿坏啊？

我转过身面向墙壁，在心里讥笑她拿我当小孩子哄劝。

母亲一遍又一遍地热饭菜，一遍又一遍地叫我别把她的独生子带上歪路，或者送进监狱，甚至送上不归路。她说，那样她就会孤苦伶仃地度过余生，老了没人养，死了没人送终……

我终于忍受不住她无比真诚又带爱意的唠叨。我默默地起身。

母亲高兴地跳跃起来，飞也似的奔到我的床前，抓住我的手臂，像搀扶老奶奶似的把我扶到书桌旁。

母亲站在书桌旁说，我就知道你心疼姨，舍不得姨为你伤心。

我再也无法让内心的大海平静如斯，我开始泪水滂沱地吃起饭菜。

吃完，我喊了一句："娘，我饱了。"

那是我有生以来第一次喊娘，娘愣在那里没应我，直到我喊第二声，她的脸绽放成一朵墨菊，应了声："哎。"

从那以后，娘成了我生命里的重点。

父亲的大学

○朱耀华

我终于考上了大学。那是州里最好的一所大学。

我考上了大学,自然,最高兴的是父亲和母亲。那几天,父亲都乐呵呵地合不拢嘴,整天空着一个袖管,到处荡来晃去,播放着我家的好消息。从来烟酒不沾的父亲那几天抽起了烟,也喝起了酒,偶尔还哼点小调。我知道,那都是高兴惹的。有时候,父亲呆着,看着远方,眼睛莫名其妙地就湿了。我知道,那也是因为高兴的。

人一高兴,有时候就像个孩子。母亲也是这么说的。

父亲的右手是在一次矿难中失去的。提起那次矿难,父亲就充满了一种感恩。父亲说,他命大福大,要是救援稍稍慢一点,他这条小命就没有了。和命比起来,一只胳膊显然算不了什么。

我就听到轰隆一声,人好像飞了起来,然后什么也不知道了。父亲常常感叹,眉宇间除了后怕,似乎还有几分自豪,好像他是从战场上归来的将军。

那天晚上,父亲向我打开了一个他一直珍藏的秘密。父亲说,孩子,我们,以后就是校友了。

我莫名其妙地望着父亲,我想,父亲是高兴得有点儿颠三倒四了。

父亲叫母亲打开箱子。那口箱子放在衣柜顶上,平时上着锁。父

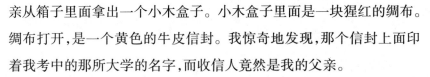

亲从箱子里面拿出一个小木盒子。小木盒子里面是一块猩红的绸布。绸布打开,是一个黄色的牛皮信封。我惊奇地发现,那个信封上面印着我考中的那所大学的名字,而收信人竟然是我的父亲。

父亲从信封里拿出一张泛黄的录取通知书,轻轻地展开。父亲向我展开的是一个难以置信的事实:二十六年前,父亲考上了这所大学。

父亲向我讲述了下面的故事——

那时,我刚满十九岁。我考上了大学。通知书来的那天,全家都乐疯了。天哪,大学,那是所有人梦寐以求的啊。

那几天,家里就像过节一样充满了欢乐。然而,很快,家里就发愁了,那一笔学费和路费就像一块大石头沉甸甸地压在了全家的心上。

入夜,我听到了父亲母亲的叹息声。

父亲说,该借的地方都借了,还差一大截。况且,这学期过了,下学期呢?

母亲说,无论如何,这学,也得让娃儿上啊。

这道理我懂。父亲说,又一遍一遍地重复,这道理我懂。

我心里难受起来,是啊,这道理谁都懂,可是,家里穷啊。父母都是土里刨食的农民,哪里有这一大笔钱呢?我听着,心里梗得慌。

到了白天,我上山放牛,父亲就又出门了。我知道,父亲是借钱去了。父亲去了二姨家三姨家和姑姑家,可是,父亲回来时却是垂头丧气。接连几天晚上,我仍然听到了父母的叹息。他们都以为我睡着了,其实我才没有哩。我在他们叹息声中紧咬着嘴唇,我不让自己哭出来。

有天晚上,我听到父亲说,有了,我有办法了。

我心里一动,侧耳倾听。母亲问,你有什么办法?

父亲说,把牛卖了,不就有了吗?

母亲也先是一喜,然后又伤心起来。母亲说,牛卖了,家里的田靠什么呢？

父亲说，再想办法呗。过了这一个坎再说。

我的心情又沉重起来，我知道牛在我们家里的分量，牛就是我们家里的一员哪。

我听到母亲轻轻地啜泣起来。我又听到父亲说，不就是一头牛么？娃儿读了书，你还怕换不回来一头牛？

那一晚上，我没有睡着。经过深思熟虑，第二天，我对父母说，大学我不上了，我到煤矿当工人去。

那时候，煤矿正在招工人，当工人也是很光荣的。

父亲不同意。父亲说，好不容易考上了大学，怎么又不去了？母亲也看着我说，这娃儿，怎么变成傻子了？

我说，爸，妈，我知道家里没有钱，我当工人就可以挣钱了。以后还有妹妹哩。妹妹读大学的时候就有钱了。

谁说没有钱？父亲瞪着我说，再说，再没有钱，你读大学的钱我还是有的。

我说，爸，家里的牛不能卖。

父亲和母亲对望了一眼。然后，父亲的眼睛红了，母亲的眼睛也红了。父亲掏出烟来，滋滋地吸着。半晌，父亲对我说，那是大人的事，你不用管。

我犟着说，爸，牛就是不能卖。说完，我的眼泪就吧嗒吧嗒地落下来了。

父亲蹲在地上，嘴里含着烟管，望着远处。母亲捏着衣角，一会儿看看我，一会儿看看我的父亲。

那头牛还是被父亲卖了，钱给了我。我打听到买主，又揣着那笔钱去把牛赎了回来。父亲犟不过我，最后，他们默认了我的选择。

就那样，我当了煤矿工人。从那以后，我的大学梦就一直埋在了

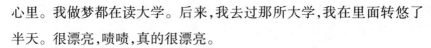

心里。我做梦都在读大学。后来,我去过那所大学,我在里面转悠了半天。很漂亮,啧啧,真的很漂亮。

父亲伸出手来,摸着我的头说,儿子,你圆了我的梦啊。

我说,爸!

父亲抬起衣袖,揩了揩我的脸。父亲说,不要哭了,儿子,你现在是大学生了。我们家再也不用卖牛了。

我,父亲,还有母亲,我们都笑了。笑出满脸泪花。

阳光灿烂的季节

○朱耀华

　　高一的那个暑假,在一个小书店里,我看到了一本书,名叫《钢铁是怎样炼成的》,翻读了几页,我被书中的故事吸引住了。我在那个书架下蹲了很久,书的标价是三块八。

　　几天后,我决定去帮食品厂卖冰棍儿。有了钱,就去把那本书买下来。

　　那时提倡勤工俭学,所以,父母没有过分反对我的决定。一根冰棍儿从厂里拿出来是二分钱,卖出去是四分,可以赚两分。批发一箱冰棍儿是四十根,另外木箱还要一块钱的押金。于是,父亲给了我一块八毛钱的"启动"资金,我就骑着他平时下乡时用的那辆旧自行车上路了。

　　装冰棍儿的木箱用橡皮绳捆在自行车的后架上。我个子不高,骑在自行车上只能踩半圈。我心里装满了希望和快乐,还有一点羞涩。我骑着自行车在大街小巷里穿行着。那时天气还不太热,加上我不好意思喊,所以生意并不好。一个多小时过去了,只卖出去几根。

　　后来我跟在一个卖冰棍儿的后面。那人穿着黄衬衫,肩上驮着一条毛巾,一边踩车,一边用很逗的高声吆喝着:"冰棍儿! 绿豆冰棍儿! 油炸冰棍儿!"

他的吆喝很起作用,常常有人停下来买他的冰棍儿。也有人故意和他逗,要油炸冰棍儿。他一本正经地说,现在没有,以后科学发达了肯定有。别人就哈哈一笑。跟着他,我的效率明显地提高了。后来,这个秘密终于被他发现。他把车停下来,盯着我,很凶的样子,说:"小子,再跟着我,我把你扔到水塘里去!"

我继续在大街小巷穿行着。这时,我的胆子稍微大了一点,我也像黄衬衫刚才那样吆喝着。时而有人买上一根两根,我受到了鼓舞。

在一个小巷门口,有人喊我的名字,一看,是雨岚,我的同桌。

雨岚笑嘻嘻地说:"你在卖冰棍儿呀?"

我的脸红到了脖子,我说:"反正……没事。"

她还是笑嘻嘻的。她说:"你的声音太小了,你应该这样喊。"说着,她尖着嗓子喊起来。

我从箱里取出一根冰棍儿来给她,我说:"我请客,吃吧。"

她不吃。我又说:"快化了,帮帮忙吧。"她就接了过去。她说:"行,帮就帮吧。"

我把最后两根全吞进了肚子里,我说:"你喊得真像。"

她说:"我大哥就是这样喊的,他也卖冰棍儿,一天要卖两三箱哩。"

一说,我才知道,那个黄衬衫就是她大哥。我告诉了她先前的事,她笑得弯下腰去。

第二天,我继续着我的计划。刚上路,看到雨岚真的骑着一辆自行车来了。我不要她去,可是她却坚持跟在我后面。

我说:"你会晒黑的。"

她说:"我不怕黑。"

我说:"很累的。"

她说:"我不怕累。"

我说："小心被你大哥看见了。"

她说："我不怕大哥。"

我说："你真任性啊。"

她说："我喜欢任性。"

我忍不住笑了，她也笑了。我只好让她跟着。我心里有点慌乱，但更多的是甜丝丝的感觉。

没几天，我凑齐了书款，而且还有节余。我去书店买了《钢铁是怎样炼成的》。我还买了一个漂亮的粉红色的日记本，悄悄送给了雨岚。

二十多年过去了，至今，那本书还在我的书柜里。尽管书页已经泛黄了，旧了，但我看着它，依然有一种特别亲切的感觉。搬了几次家，我都没有丢掉它。雨岚呢，也早已成了我的妻子。但真的，那时，我们对此没有预谋。

那个夏天，是我生命中最灿烂的季节。

我们的爱情

○邓洪卫

1987 年,我读高二,我的心里忽然起了微妙的变化。

我的变化首先被蔡小毛虫看出来了。蔡小毛虫真是只小毛虫,一个劲儿地往别人的心里钻。蔡小毛虫悄声对我说,你这阵有点儿不对劲呀,是不是爱上哪个小妞啦?

见我没言语,蔡小毛虫又说,是爱上胡小月了吧?

蔡小毛虫的感觉是灵敏的,我真的爱上胡小月了。爱上胡小月缘于前不久班级举办的国庆晚会,文娱委员胡小月以她优雅的舞姿和甜美的歌喉倾倒了我。我来自农村,我对城里的女生一直持一种偏见,认为城里的女生娇气、做作、孤芳自赏。可是,胡小月以她的优雅大方和多才多艺,将我可笑的偏见无情地击溃。

蔡小毛虫说,喜欢胡小月的人多着呢,哪轮到你?

蔡小毛虫的话是对的,确实已经有好多双眼睛盯上胡小月了,其中有几位还颇具实力,是县里主要人物的公子。我一个农民子弟,希望是何其渺茫呀。可我不甘心,我决定主动出击。那时,我已经熟读罗贯中先生的《三国演义》,我决定用一回计谋了。

首先,我观察到胡小月喜欢电影,而且还订了全年的《大众电影》。我想,我应该想办法跟她接近,赢得她的好感。首先,跟她借

《大众电影》看，营造出兴趣相投的氛围，然后约她看场电影，岂不大功告成？

那天下了晚自习，我跟着胡小月走到车棚。胡小月将她的自行车推了出来，我也推出我的自行车。我正要踏上车，就听胡小月轻轻地叫了一声，糟了。我问，怎么啦？胡小月说，车链不知怎么掉了。我一挥手说，不要紧，不就是掉链了吗？我帮你上一下吧。我俯下身去，摆弄了半天，弄得满手油污，才上好链子。我们没有骑车，而是推着车往回走。到了校门口，胡小月还跑到小店里买来两瓶矿泉水。

胡小月的家住在党校大院，她的父亲是党校教师。到党校门口的时候，我说，能借本《大众电影》给我看一看吗？

胡小月说，那你在这里等一下。

看着胡小月拐进了院子，我的心里甭提多高兴啦。可能是水喝多了的缘故，我感到下腹有点鼓胀。我看到旁边有一棵白杨树，便走过去对着树尿起来。忽然，我发现树后有一个黑影。我一惊，拎起裤子，定睛细瞧，好像是蔡小毛虫。我正要说话，听见院内有脚步响，赶紧回到门口。

胡小月将书放到我的手里。我问，怎么这么厚呢？胡小月说，是合订本。你慢慢看，看完了，我再拿新的。胡小月说完就回去了。我到白杨树后面一看，那个黑影已经不见了。晚上，我将《大众电影》翻了一遍又一遍。

几天后，我将书带到学校，放在抽屉里，准备下晚自习时找机会将书交给胡小月。可是下了晚自习，我打开抽屉，发现那本书不见了。

我急得不得了，悄悄问胡小月，书是你拿去了吗？胡小月说，我怎么能到你抽屉里去拿书呢？我分明看到了胡小月的眼里掠过一丝不快。胡小月最喜欢《大众电影》了，她把这本书借给我，是对我多大的信任啊，可是，我却把它弄丢了。更让我难以启齿的是，我在书里还夹

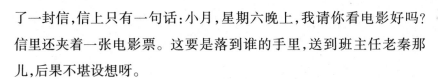

了一封信,信上只有一句话:小月,星期六晚上,我请你看电影好吗?信里还夹着一张电影票。这要是落到谁的手里,送到班主任老秦那儿,后果不堪设想呀。

我担心的事终于发生了。那天早自习,老秦走到讲台前,严肃地说,我们班上有个别男生,思想存在严重问题,竟然约女同学看电影。我不点这个同学的名,我希望这个同学能悬崖勒马。

老秦说这番话的时候,我的脸一下子红到了耳根。

后来,老秦又让我搬到集体宿舍来住。老秦说,你的基础还是不错的,要好好学习,即便第一年考不上,复习一年,总还是能考上的,千万不要自毁前程。

两年后,也就是高考结束后,我收拾东西准备回家时,突然,从蔡小毛虫的枕头下面掉下一本厚厚的书来,我一看,正是那套《大众电影》。

那一年,胡小月考上外省的一所戏剧学院。我和蔡小毛虫第二年才考上大学。后来,我们各忙各的事,彼此断了音讯。

不久前,我们几个男同学聚会,有人问起胡小月。蔡小毛虫说,胡小月去年才结婚,丈夫是戏剧学院的老师。那老师是个有妇之夫,他答应离婚娶胡小月,他拖拖拉拉离了十年,胡小月就死心塌地等了十年。

蔡小毛虫说着,仰脸给自己灌了两大杯。

蝉

○巩高峰

五妹来到我家的时候，像一只蝉。

真的，不仅我一个人这么认为。那个晚上母亲以一种怪异的喜悦抱着小包裹进屋的时候，身后跟了一帮人，前后左右的邻居都来了，全是妇女。

包裹微弱地啼哭了两声，又羞怯地住了声。母亲连忙把包裹打开，五妹就像一只刚脱出了壳的蝉蜕，嫩得发白，几乎是半透明的。她好像知道自己终于被一对臂弯给抱进一个家门是多么不容易——像一只知了从地下到枝头经历的那么久，那么难。后来我才知道，五妹能到我家，是在周围邻居的妇女们手里转了一圈，我妈最后才捞着机会的。

我好奇地打量了一下姿势扭捏的母亲，她实在是太久没有抱过婴儿了，满脸少见的羞涩。我小心地问，妈，这是谁啊？

你五妹！

五妹这个时候又从包裹里轻轻地啼哭了两声，如嫩知了伸展了两下翅膀，试探性的，像是娇弱地提醒天快亮了、露水要洒下最后一阵。就冲这一点，我几乎从母亲满眼陌生的欣喜中第一秒就接受了她就是我的五妹。

邻居们围着五妹,每个女人的眼里都有不舍,但又满含疑惑。不知道谁第一个发现路边草丛里会啼哭的小包裹,之后每个人都争抢着看了一遍五妹:很漂亮,没有兔子似的三瓣豁嘴,也不缺手指,胳膊肘更不是翻着的。但是啧啧称赞五妹的漂亮之后,谁也不敢让五妹在自己的怀里待太久。终于轮到我妈,她连看都没仔细看就把五妹抱进了家门。进屋之后,邻居们鼓动我妈又试探了一下五妹的腿,两条腿一样长,也有力气支撑得起自己的身体。

村里有传言说这个孩子被扔的时候包裹里有信,还有一沓零钱。但是谁也没承认自己见过信,拿过钱。

最后的结论只能是,这个孩子有病,你看她的嘴唇,发紫,肯定是治不好了,不然谁会把这么漂亮的孩子扔掉呢?

我终于明白为什么是母亲把五妹抱了回来。

可是我都七岁了,母亲已经七年没有抱过一个三个月大的孩子,要不是邻居们提醒,母亲都想不起五妹这么柔弱无力的哭腔,可能是因为饿了。

从此,我家那个大肚子陶瓷罐里的麦乳精就不再是我自己的了,更多时候甚至跟我一点关系都没有,因为五妹比我更需要它。尽管有时候我很不平,但我还是愿意的。

奶奶说了,老天爷保佑,五妹来我家是再合适不过了——我从小身体就不好,从没满月到七岁上小学,大病摞小病,屁股上的针眼儿就从来没消停过。五妹是来帮忙的,她不仅从一个弃婴变成一个家里最受宠的老小,而且还可能以屈报屈,冲走我身上阴魂不散的邪门疾病。

我是不太相信的,五妹的声音太弱了,嫩知了的第一声都比她声音大得多,她靠什么冲走我的病呢?

不仅如此,我妈还发现,邻居们说得没错,五妹的嘴唇真的是发紫,而且越来越紫。等到麦乳精和米糊把她喂到会翻身会爬会站还想迈步走路时,五妹屁股上的针眼儿并不比我的少多少。而且,她的脑门上还有针眼儿。我知道那是打吊瓶扎的,我扎过,比不让我上学必须在家躺着还难受。如果可以,我一辈子也不想再被它扎一次。

也许真的是奶奶的那句口头禅起作用了:老天爷保佑——直到现在为止,我真的再没打过吊瓶。只是不知道如果五妹跟我一起长大,会不会也这么幸运。

五妹的嘴唇紫到发黑的时候,她正打着吊瓶,睡着了。

我妈说五妹不会再疼了。说着说着,我妈满脸都是眼泪。

我屁股上的针眼已经好了,我很快就忘记了疼痛是什么滋味。只是想起五妹时心里会有点难过,五妹睡着之前刚学会叫我四哥。是的,她学会的头三句话是妈、奶和四哥。她不会发"四"这个音,但是我知道她在喊我四哥。

之后,家里所有关于五妹的东西突然都没有了,我不知道哪儿去了,趁着我自己在家的时候我到处翻找过,只从奶奶的箱子里看到五妹的那个小被子,当初就是它把五妹包成一个小包裹,让我妈抱进家门的。

母亲仍旧每日下地干活,回家做家务,看不出来她有多伤心,或者是不伤心。但是在和邻居们的聊天中,再没听到她提起过五妹,反倒是我忽然和大病小病绝缘一般健康起来的事情被她说得更多。

母亲忘记了那个柔嫩得像只蝉的五妹了吗? 我不知道。但我知道我奶奶肯定没忘记,不然她不会把包裹了五妹身世的小被子藏在她最宝贝的樟木箱子里。

有一天,奶奶坐在院子里用大石臼捶萝卜,准备做萝卜馅儿包子,我坐在小凳子上,做我的最后一章暑假作业。夏日的午后,太阳从树枝间斑斑驳驳地洒下来,院子里静得只剩下奶奶一下一下捶碎了萝卜的裂开声。忽然,"咻"的一声,一个小东西顺着碎阳光掉了下来,正好砸在奶奶正在挥锤子的右胳膊上,再悄无声息地落到地面。是只蝉,季节已到,寿命已尽,两只透明的翅膀直直紧紧地贴在身体两侧,这让它显得通体晶莹而透明。

我有些恍惚地看了奶奶一眼,奶奶竟然在微笑,还轻声地呢喃了一声:这是我五孙女看我来了。

下蹲的姿势

○江　岸

　　于静从青龙街小学毕业那年,爸爸出了车祸。伤好之后,爸爸便一条腿长一条腿短了,走路像鸭子似的摇晃着身子,难看极了。为此,于静拒绝由爸爸接送她上学。有一次妈妈确实有事儿,走不开,只好让爸爸去接她。她躲在学校大门外看着像鸭子一样走路的爸爸,窘迫得眼睛都不敢睁开。恰好这时班里几位女同学也在等家长,她们鸡一嘴鸭一嘴地议论起来。

　　看那个人,走路像划船。

　　不,像跳街舞。

　　你们都说错了,他在扫地呢……

　　一阵刺耳的笑声击溃了于静的心理防线。她"哇"的一声大哭起来,扭头飞奔而去。几个女同学面面相觑,不明白发生了什么事儿。

　　那天傍晚,爸爸在冷清的校门外足足站了一个多小时。最后,空荡荡的校园里再也不见一个人影了,爸爸才蹒跚着离开。等爸爸走出一段距离,于静才悄悄从冬青树丛里钻出来,不远不近地跟在爸爸身后回了家,一边走一边流泪。

　　后来这段往事成了于静心中永远的痛。

　　爸爸残疾以后,妈妈也下岗了,于静却患上了一种叫作脓细胞溃疡的怪病。她的腿部溃烂、化脓，久治不愈。妈妈外出打工，为她挣医药费，她只有和爸爸相依为命了。她不能走远路，不能骑自行车，乘公共汽车又怕被人挤着，每天都由爸爸接送她上学。爸爸除了工作和家务，每天还要背着她，将她送到教室里，放学了再接她回家。于静就这样开始了她的中学生活。

于静趴在爸爸背上，明显地感到爸爸的摇晃，她清晰地看到热汗从爸爸头皮里蒸腾出来，在爸爸的发丝上汇聚成滴，又滚落到爸爸的脖颈里，浸湿了爸爸的衬衣。她甚至觉得爸爸满头油亮的青丝都是在她眼皮底下一点点变得灰暗，然后再变得斑白的。她甚至不想再读书了，爸爸太苦啦！可是爸爸不依。爸爸弓起身子，等待于静趴在他的背上。等待好久，于静都没有走过来。爸爸并不说话，塑像一样保持着下蹲姿势，一动不动。父女俩仿佛在比赛谁更有耐心。爸爸总那么蹲着，滋味肯定不好受。于静希望爸爸早一点儿站起来，哪怕扑过来责骂她几句、揍她一顿她也愿意，那样爸爸就输掉了比赛，她就可以赖着不去读书啦。可是爸爸像一座山似的横亘在她面前，又像一座山似的无声无息。许久的沉默之后，于静自己扑过来，搂住了爸爸的脖子。

每当于静趴在爸爸身上，随着爸爸的身体一起摇晃的时候，她就情不自禁地想起那年在学校里躲避爸爸的往事，羞愧难当。她用自己的手绢替爸爸擦汗，或者拿手绢给爸爸扇风纳凉。每当这时，爸爸便会扭过头来，对她甜甜地一笑。于静就顺势在爸爸的脸颊上小鸟似的啄一下，满口的咸涩。爸爸脸上的热汗都结成了一层细碎的盐末。

为了给于静治病，妈妈打工的钱远远不够，爸爸只好卖掉了两室一厅的单元房，到郊区偏僻处买了两间平房。这样一来，离学校就远了一倍以上。爸爸再送于静上学，每一趟都要大汗淋漓，每天都要这样往返四次。于静听见爸爸吭吭哧哧吃力走路的声音，对爸爸说，我读书给您听吧。爸爸笑了。这真是一个不坏的主意。

就这样，于静一趴在爸爸背上，就大声读书。开始读语文、英语，后来读历史、地理，等这些课程都滚瓜烂熟的时候，她甚至读数学公式、物理定律和化学分子式。爸爸毕竟读过高中，有时就询问于静一些问题，有些于静答得上来，有些答不上来。父女俩还会为某一个问题争论不休呢。时间就在这学习的过程中从容流逝，爸爸的疲劳似乎减轻了，于静的学习成绩也突飞猛进。于静一举以全市第一名的成绩考上了本市重点高中。

一次，爸爸背于静到医院换药。医生忙碌的时候，爸爸蹲在诊室门口等候，挡住了一个女病号的路。女病号不耐烦地说，你蹲在门口干什么？

爸爸平静地说，等着背我女儿。

那你不能坐着等吗？

爸爸憨厚地笑笑说，我习惯了。

爸爸摇晃着背走了于静。女病号好奇地向医生打听，知道了事情的原委，深受感动。女病号随即找上门来——原来她是个自由撰稿人。她将于静父女动人的故事写成文章，在一家全国闻名的纪实性杂志上发表了。当地新闻记者也跑来采访，报纸和电视台很快报道了本市中招状元的生存状况。很多市民曾经亲眼目睹过女儿在父背上诵读的场景，却不知道其中的内幕。一张张汇款单雪片般飘进他们家。世上还是好人多啊！

听说于静的这种病可以通过植皮手术治好，但家里一直没有这笔钱。有了好心人的捐助，于静终于可以到大城市诊治了。

爸爸给妈妈打了个电话，让妈妈辞工回来，一起陪于静去治病。为了节约路费，妈妈三年没有回家了。妈妈回来的前夜，于静失眠了，她努力回忆妈妈的模样，但妈妈的形象始终有些恍惚。夜深了，她还听不到隔壁爸爸往昔如雷的鼾声，大概爸爸也失眠了吧。

野 樱 桃

○江　岸

家里只有一个奶奶，一个爹，没有娘。人家都有娘，怎么我没娘呢？我问奶奶，奶奶说，你娘死了。我问，埋在哪里呢？奶奶说，大水淌跑了。我不信，问爹，爹不吭气。

村里人却不是奶奶这个说法：

我娘是个傻子，流落到黄泥湾。爹三十八岁了，娶不到媳妇儿。在这大山沟里，爹只能打一辈子光棍，断了祖宗的烟火，奶奶眼泪都快流尽了。见到我娘，奶奶动了心思。她央几个大嫂把我娘洗干净，送到我爹的床上。第二年，娘就生了我。我出生以后，奶奶亲自带我，喂我米糊和面汤，不让娘碰我，怕我变成娘一样的傻子。娘坐完月子，奶奶煮了一大盆干饭，盛了满满一碗，让她吃，娘从没吃饱过，立即狼吞虎咽起来。刚吃了半碗，奶奶说，傻子，别怪我，只怪这个家太穷，吃饱了你就走吧，永远别回来。娘愣了，不吃了，把半碗剩饭推到奶奶面前。但是，奶奶依然没有心软，拿根棍子把我娘撵出了村子。

我相信这个说法，我娘肯定是被奶奶赶走的。我问过很多人，大家都这样说。一想起这个事情，我就生奶奶的气，几天几夜不理奶奶。

我娘傻怎么了，再傻也是我的亲娘。我多么希望娘还活着，有朝一日我可以看到娘，让娘抱抱我。娘还从来没有抱过我呢。

人们经常祝福别人心想事成，没想到一天傍晚我真的心想事成了，我朝思暮想的娘回来了！我有娘了！

村里几个小伙伴高喊着，飞跑到我家，告诉我这个消息的时候，我非常激动，我没有理由不激动。我浑身的血液都燃烧起来，脸颊发烫，浑身打摆子似的哆嗦。

我娘在哪里？我颤抖着问。

就在村口，她怕你奶奶打她，不敢回来。他们气喘吁吁地说。

我脱缰烈马似的朝村口撒腿狂奔而去。

村口那棵老枫香树下面，站着一个陌生的女人，蓬头垢面，衣衫褴褛，神情有些呆滞，手里拿着一个肮脏的红气球。我从未见过如此埋汰的人，一下子呆了。村里很多人围在她的旁边看热闹。

傻子，你儿子来了。

柱儿，快喊你娘……

村里人七嘴八舌地说。

我看到这个木木的女人眼睛瞬间有了光芒，牢牢盯住我，笑了一下。她举着手中的红气球，穿过人群，朝我走过来。

我感到周围所有的眼睛都盯着我，我的血液一点点变凉。我不要脏气球，不要脏女人，她不是我娘。我大吼起来，然后我哭了。我一路大哭着跑得远远的。

那时候，已经分田到户，我爹辛勤耕作，家有余粮。奶奶再次收留了我娘。自从娘进门，我没有正眼看她一下，更没有喊她一声。晚上，一家人一桌吃饭的时候，我背对着娘，虽然奶奶帮娘洗过澡，换过衣服，我还是觉得和娘在一起吃饭会倒胃口。

突然，我的脑袋挨了重重的一击。

我猛地扭过头来，看到奶奶一脸怒容，手上高举着一双筷子，原来是奶奶用筷子抽我。从小到大，奶奶没有舍得吵我，更没有打过我，哪怕我为了我娘几天几夜不理她,她也没有生气。可是她居然打我,打她的心肝宝贝孙子。

快转过身来,喊你娘一声。奶奶说。

儿不嫌母丑,狗不嫌家贫,你懂吗? 奶奶说。

奶奶手中的筷子高高举着,随时都会再落下来。

我娘把脑袋伸过来,伸到奶奶高举着的筷子下面,含糊地说,打我,莫打他。奶奶把筷子扔了,掩面大哭起来。

在奶奶的严厉调教下,我慢慢习惯了这个傻娘,但我对娘的感情一直很淡漠。随着年龄一天天变大,我的虚荣心与日俱增,内心深处越来越嫌恶她。她竟然跑到我们学校,站在教室外面,隔着窗户喊:柱儿,柱儿……全班同学都知道了我有个傻娘,纷纷对我挤眉弄眼,几个男生翻着白眼球,学着我娘的腔调喊,柱儿,柱儿……

我恨不得教室里裂条地缝钻进去。

娘每次跑到学校,手里都攥着吃的东西,几个野草莓,一根黄瓜,几个豌豆角儿,几个板栗,等等,都是一些季节性的瓜果。我从来没有要过,总是挥起拳头,赶她回去。有一天下雨,我想娘不会来了,谁知道娘还是来了。娘被雨淋透了,全身上下几乎糊满了泥。我实在坐不住了,冲进雨帘,把娘拉到屋檐下。娘摊开手,手心里有几颗鲜红的野樱桃,居然干干净净的,没沾一点泥巴。

千不该,万不该,我不该拈一颗樱桃填到嘴里,不该对娘说,好甜。娘笑了,欢天喜地转身跑了。

晚上娘没有回家。爹喊了很多邻居,打着手电去找。找了半夜,在村后百丈崖下面找到了娘。崖顶上,有一棵野樱桃树。娘压断了樱桃树,从树上摔下崖去,死了以后,怀里还抱着折断的樱桃树枝。

百丈崖巍峨高耸,长满青苔,一下雨就非常湿滑,即使大晴天,手脚麻利的人爬上去都很费劲。

野
樱
桃

{ 111 }

这个傻女人,怎么能爬那么高呢? 奶奶不解地自言自语。

只有我心里清楚,娘为什么能爬那么高。

娘啊,我的亲娘啊!

一块手表

○王振东

那时,手表还是稀罕物。那时,我正上初中。一天,同学马鸣买了一块手表,戴在手腕上,挽着衣袖,神气十足,惹得全班同学眼都绿了,恨不得把马鸣的手表摘下戴在自己手腕上。一时间,攀比之风像传染病一样,很快在班上传开了。不几日,又有几个同学买了手表。他们得意的神态,手表那晶莹的外壳、精致的表带和悦耳的"滴答"声,对我产生了极大的诱惑。

我做梦都想得到一块手表。一天早饭时,我终于鼓起勇气对母亲说:"妈,我想买一块手表。"

母亲说:"你爸去世时欠的外债还没还清,这个月的房费、买面的钱、你妹妹的学费都是向人借的,哪儿有钱给你买手表?"

我赌气地说:"我不管,反正得给我买!同学们都有,就我没有。"

母亲哄我说:"听话,等家里有了钱,一定给你买。快上学去吧!"

我像一头倔驴,戳在地上一动不动,说:"不买,我就不去!"

母亲对我一直寄予很大期望,一听我说不去上学,她的火立马上来了,"啪",一巴掌打在我的屁股上,她哽咽着说:"你这不听话的孩子!"我哭着跑出了家门……

外面正下着雨,噼里啪啦的雨点像豆子般砸在地上。我一头冲进

— { 113 } —

雨幕,霎时,便淋得水洗一般。我漫无目的地在大街上游荡,满腹的委屈使我忘记了冷,忘记了饿。闲逛了一上午后,我来到了江边,蜷缩着呆呆地坐在那儿……等慢慢冷静下来后,心里暗暗后悔自责起来。是啊,一家人的大小开支全靠母亲的几十元工资,不得不经常借钱过日子,我怎么能跟同学们攀比呢?怎么能为买块表和母亲赌气呢?我真是太对不起她了。可我想要块表的欲望实在太强烈了,怎么办呢?

我的脑子里倏地冒出个想法——自己挣钱买。我起身朝码头走去,在那儿很容易就能找到活儿。虽说装卸、搬运货物这些重活儿我干不动,可码头附近有一个斜坡,搬运工拉着装满货物的平板车上坡时,时常需要人帮忙推车,推一次两角钱。我看准了这个活儿,就在斜坡下的避雨处等。

谁知等到天都快黑了,连一个拉车的也没有。雨仍不停地下,看样子一时半会儿也停不了。我想,完了,今天别想揽到活儿了,谁会在这样的鬼天气里出来拉货。正想离开,忽然看到远处过来一辆平板车,车上装满了货物,拉车人正抻脖子蹬腿向斜坡走来,上身俯得几乎与路面平行了。雨点打在那人的破斗笠上,身上的塑料布像面破旗般在风中飘动,雨水顺着裤管儿流到鞋面上,灌满了水的旧解放鞋像两只蛤蟆,走一步便"咕哇"叫一声。路面很滑,那人不时地打着脚。由于那人上身俯得太低,看不清那人的面容。

车刚到坡下,我便迫不及待地蹿到车前,大声问:"需要帮忙吗?"在风雨声中,我隐约听到"嗯"了一声,便高兴地绕到车后,开始推车。想着马上就能挣到有生以来的第一笔钱,我推起车来格外卖力。由于又冷又饿,不一会儿,便感到双腿像绑了两块石头,怎么也迈不动,推车的劲儿也小了许多。我稍一松劲儿,车子不但停了下来,还直想往后退。我赶紧使出吃奶的力气,用力顶着车身,感觉到那人也在拼命地使劲儿拉。僵持了一会儿后,车轮又缓缓地向前移动了。我俩一鼓作气,密切配合,终于到了坡顶。

车子一停下,那人就一屁股坐在地上,像个刚跑过终点的马拉松运动员,不停地喘着粗气。我犹豫了一下,上前讨要工钱。那人慢慢抬起头。四目相望,我俩都愣住了。那人是我妈。

"妈,我再也不要手表了!"我不顾一切地扑在妈妈怀里,泪水伴着雨水在脸上肆意流淌。

几天后,妈妈花了二十九元钱,托人给我买了一块"钟山"牌手表。我没舍得戴,而是用一块干净的红布把它仔细地包起来,藏在了抽屉里。

这件事已过去了三十多年,妈妈也于二十年前去世了,可我一直珍藏着这块手表。它依旧走得很准,"滴答滴答"的声响,像是母亲那声声殷切的叮咛。

守　夜

○陈　敏

那一年,天气冷得快,还没入冬,就下了一场雪。

雪刚停,娘就扛着一根竹竿,扯着嗓子赶核桃树上的红嘴鸟,还吆喝着爹赶快把挂在树上的几十串柿饼取下来。柿饼还没有晾好,就让红嘴鸟糟蹋了不少,娘很心疼。

我和爹把那些柿饼一串一串地取下来,然后又挂在屋檐下。那时的柿饼还没有成为柿饼,稀软的,刚变了色,需要挂在屋檐下收潮,然后才能摘下来一个个捏成正式的柿饼。我和爹忙了一早上才把柿饼挂到屋檐下,挂了整整齐齐的两大排。

娘对我说,只要你手脚勤,把柿捏白了,卖个好价钱,我就给你买一双运动鞋。娘说,运动鞋又涨价了,得五块半呢!娘说完就回屋里给我的两个双胞胎弟弟喂饭去了。

娘前年冬天生下了一对双胞胎,娘说,这两个小家伙特别捞饭,吃奶使劲得很,简直能要了她的命,把她的两个蔫布袋乳房都拉到裤带上了。娘为此想尽了好多办法给他们俩找吃的。娘有一次把邻居家一只淹死在茅厕里的小公鸡都捞出来,洗净炖成汤让两个弟弟喝了。

而我一直盼望的是能拥有一双运动鞋。上次体育课上,老师说我的跳高潜力很大,让我一定买一双运动鞋。我把屋檐下挂着的两排柿饼盯了好长时间。

可就在第二天早上，一件奇怪的事发生了：屋檐下两排柿饼的下半部分不声不响地消失了。爹和娘开门后都惊讶得立在那里。

谁眼皮子这么浅，一点儿柿饼都看上了？娘嘟囔道。

爹对昨晚的失盗行为进行了一番观察，他得出结论说，这好像不是人干的。娘说：不是人干的是啥干的，除了人谁还能干出这种事？娘很生气。

爹转身走了。当天晚上，爹悄悄给我说他制定了一个秘密计划，他决定和我在夜里一同抓贼。爹说，村子里的饿鬼多得很，他想抓一个看个究竟。那是个饥饿的年代，许多人晚上睡觉时，肚子都是空的。爹把门附近一个堆放杂草的棚子收拾了一番。收拾后的棚子还不错，里面暖暖的，很舒适。当晚我们就躲了进去。

那是个有月亮的夜晚。月光很好，把周围的一切照得白亮白亮的。可我和爹没有把贼等来。第二天晚上也没有等来。我和爹都有些失望，我决定不再等贼了。爹说：凡事不过三，再等最后一个晚上！爹说后还在我的鼻子上刮了一下。我知道爹嫌一个人寂寞，于是决定陪他最后一个晚上。不过，那天晚上，我有点累，放学后在学校的操场练了三个小时的跳高。所以进棚不久，就躺在草窝里睡着了。迷迷糊糊中听爹叫我：狗娃，贼来了！

我赶快爬起来朝屋檐方向看去。朦胧的月光下，一个黑色的影子正往挂柿饼的墙壁上跳。它从老远的地方开始起跑，以最快的速度冲上墙壁，一只手搭在墙壁上，又用另一只手快速地把柿饼打下来。那跳跃的姿态跟我练跳高的姿态很像。影子重复着这样的动作，打下来了不少柿饼。我悄悄问爹：那是什么人呀？爹说，那不是人，是一只狼！爹说着就操起身边的一根棍棒往外走。我急忙拦住爹说：等等，爹！再看看呀！

那只狼没有去吃它弄下来的柿饼,而是把它们叼到附近。不远处的地方,静静地蹲着两只小狼。它们在等着母亲。小狼们见到了食物,立即发出一阵愉快的欢叫。

爹握棍的双手慢慢地松了下来,而我却把爹的手握得更紧了。可能是爹和我一同想起了炕上的母亲以及两个饥饿的弟弟。我和爹都没有用棍子去赶狼。

爹和我轻轻地打开了房门。

母亲和两个弟弟睡得正香。

第二天早上,爹把昨晚的事讲给娘听,娘听了就笑,爹也笑,屋子里一片笑声。爹说:狼聪明得很,一旦饿了啥都能学会。

狼从此再也没来叼过柿饼,而我却意外地得到了一双运动鞋。

我被县田径队选中,将代表本县参加开春后市里举办的春季运动会,田径队额外地奖励了我一双运动鞋。

男人的味道

○姚　讲

　　父亲告诉我说：每个男人都应该有自己的味道。父亲说这话的时候，重重地吸了口叶子烟，烟雾缭绕着弥漫开来，淹没了整个屋子。

　　我端坐在地上，有些茫然地盯着父亲，没有像往常一样扑烟雾，安静地坐着。

　　父亲见我不吭声，又说：没有自己味道的男人是找不到老婆的。父亲说这话的时候，浑浊的眼睛里忽闪着一丝透明。

　　我喏喏地说了句：我饿，我要娘。

　　父亲不再吭声，把头低得很沉。

　　良久，父亲从破柜子里翻出把碎米丢进泥灶上烧着水的瓷盆里，水扑哧扑哧地开，蔓延着纯白的泡沫。我忙加了小半碗冷水进去，担心碎米会跟着泡沫跑出来。

　　饭熟了，父亲慈爱地对我说，你饿了，你先吃。

　　我说烫。

　　父亲就端着我的碗，用筷子一边搅拌，一边吹气。

　　我说，爹，你在往我碗里吐口水。

　　父亲就笑，父亲一笑就会把嘴咧着，露出残缺漏风的黑牙圈，我喜欢看父亲这个表情。

吃完饭,父亲告诉我说:儿啊,我们去城里过新生活吧。

我问父亲去城里有饭吃吗?

父亲说有。

我又问父亲去城里有娘吗?

父亲沉默了一会,说有。

那就去吧。我毫不犹豫。

我五岁那年的一个下午,我和父亲一起进城去了,开始新生活。父亲说的,城里有饭吃,城里还有娘。

娘从来没有在我的记忆中出现过,我对娘的认知是因为邻居憨憨,憨憨娘特疼他,我就想要是我也有娘疼,该多好。

父亲曾经领过一个女人回家,父亲让我叫她阿姨,我却叫她娘。她那张如花的脸骤然凋谢,枯萎。而后,头也不回就走了。从那以后,父亲再没领过女人回家。

城里真好,桥洞比我家屋子还大几倍,父亲找来几根木棒、几张油纸,支起了我们的新家。

父亲的工作从第二天开始:捡废品。父亲说这是不需要本钱的工作,捡得多,钱就多。有了钱送我去读书,还给我找个娘。我听得很幸福,父亲从来没有骗过我,我相信他。

为了能早点进学校读书,我每天也卖命地捡废品,一个矿泉水瓶子、一张旧报纸、一个钉子我都不放过。

到城里的第三天,父亲带回来两个肉包子。包子没有传说的那样流着油,但还是馋得我直流口水。我几乎是整吞了那个包子,肉香的味道在我心中一直弥漫着。父亲看着我吞包子的样子,就猛吸了口叶子烟,咧着嘴笑,笑得很慈祥。父亲告诉我说,以后每天都至少可以吃一个包子。我就咧嘴笑了,笑得很幸福。

到城里的第一百天,发生了两件大事:第一件是我们搬家了,父亲说要送我去读书,不能再住桥洞,要被同学笑话;第二件是我们去吃了顿自助餐,庆祝我们成功在城里立足。

父亲说现在有了房子住,我们就算城里人了,要和城里人一样讲文明,不能再像个泥娃一样,花着张脸到处乱窜。父亲说完这话,猛吸了口叶子烟,神情淡定。父亲又说男人应该有自己的味道。我问父亲你是什么味道呢?父亲没说话,慈爱地看着我,多年后回忆起来才发现父亲脸上的那份坚毅和自强。

父亲捡了个书包,我把它洗得极干净,晾好。秋天的时候,父亲就送我去了学校上学。父亲告诉我说,你现在是个男子汉了,男人就得有自己的味道。我无法完全理解父亲的话,但我还是狠狠地点头。

一年后,父亲不再捡废品,换成了收废品。父亲有了属于自己的事业,兴奋得像三岁时候的我,又蹦又跳。我也没给父亲丢脸,父亲当"老板"的那天,我给父亲送了份大礼:期末考试满分的成绩单。父亲看到成绩单就笑,一笑就露出残缺漏风的黑牙圈,我就乐了。

父亲的生意日渐变好,生活也一天天变好,房子变大了,却依旧只住了我和父亲。父亲没有带过任何女人到家里来,我也没再提起过"娘"这个字,小日子被我和父亲摆弄得有滋有味。

我上中学了,住校,每周回家一次,这时候的父亲已经是个小有名气的老板了。

我告诉父亲,找个老伴儿吧,你还很年轻!父亲就笑笑,是很年轻呵,这些年为了盘弄你小子,把自己的事都给耽误了。父亲说这话时,很悠然地点燃一支香烟,放在唇上轻轻吸上一口,动作潇洒而帅气。

看父亲饶有兴致,我就笑问父亲说:爹,当年娘为什么会离开我们?

父亲很郑重地说:娘?我也不知道你娘为什么会离开你。

肯定是你的错,我嘟哝着嘴,调皮地说。

父亲掏出了他的身份证,上面写着出生年月:1970 年 10 月。

父亲只比我大十四岁!

父亲接着说:你只是我在路边捡的一个孤儿,我也是孤儿,我们同命相连,所以看到被扔在路边的你,我就把你带回家养到现在……他每讲一句,就抽一口烟,烟雾缭绕,弥漫成一个巨大的幸福而温暖的磁场。

财 富

○姚 讲

十岁的那年暑假，我如愿到了父亲做生意的城市。

到城里的那天晚上，父亲告诉我：孩子，你现在已经十岁了，要学会自食其力，明天你就自己背着鸡蛋去市场上卖。

天不亮，父亲就把我叫起来，然后帮我背上装了鸡蛋的背篓，向市场走去。一个小时后我们到了目的地，天才蒙蒙亮。父亲掏出早给我准备好的一沓零钱后，回去了。

来的第一个顾客是个中年妇女，估计刚下麻将桌，眼圈黑黑的。

鸡蛋多少钱一斤？

阿姨，两块八。

能少吗？

阿姨，这个价格不贵呢。

还不贵，人家都才卖两块七。

阿姨，我这个鸡蛋新鲜，每天都是卖完了才回家。

新鲜，难道别人的不新鲜？

阿姨，您是我的第一个顾客，我就两块七卖给你吧，开个张。

不要了，小小年纪就学会骗人，长大了如何了得！

我有些无奈地看着那中年妇女，结果奇迹并没有出现。我等待着第二个顾客。

过了大概五分钟，来了一个年轻小伙子，他也没问价格，要三斤鸡蛋，让我直接装好就称。三斤八块四，他递给我一张五十的，我正盘算该找他多少钱的时候，旁边卖大蒜的大妈抢过我手上的五十元钱照了又照，开始破口大骂："你个该死的小子，人家这么小的孩子你也骗，你还是人不？"我不知道发生了什么事，年轻小伙子从大妈手中夺过钱就跑，顺便还将大妈的大蒜踢得满地都是。大妈一边捡大蒜，一边骂年轻小伙子没人性。我这才知道那张票子是假币。

我不知道该如何感激大妈，只顾着帮她捡大蒜，她却慈爱地对我说：孩子，你小小年纪挣钱不容易，要小心坏人，学会保护自己……

经过这个波折，我的背篓边渐渐围上来几个人，他们都是真心来买鸡蛋的。没过一会儿，三十多斤鸡蛋就销售一空了。

我将钱放在最里层的裤兜里，背上背篓蹦跳着回家去了。

第二天，继续。

这个暑假，还遇到很多不同的故事，但都有惊无险地躲过了。暑假结束的时候，父亲算了我暑假赚的钱，八百三十二元一毛。除掉我打破的鸡蛋，还剩八百元。父亲告诉我，这笔钱，他会给我存着，将来我读大学用。

以后的每年暑假，我都重复着这样的日子，只是背篓变成了担子。同时还变着花样干别的，卖水果、蔬菜、冰糕，擦皮鞋，捡废品，等等。就这样，我挣够了上大学的学费和生活费。

十年后的暑假，我大学毕业。一家外企公司到我们学校招聘，发出了多份邀请函，我也是其中一位，很是幸运。

我们没有任何工作经验，所以经历了初试和复试。初试是人事部负责，复试是总经理亲自面试。

有以前做生意的底子，所以见到总经理的时候我没有半分紧张。

我们开始拉家常,聊我小时候做生意的经历,很自然地也提到了父亲的要求。聊了许久,总经理站起来和我礼节性地握手,然后告诉我等通知,三天内将会通知我结果。

第二天就得到了通知,我通过了面试,而且是同去的二十多个人中唯一一个。

那一刻,我才知道:父亲早在十年前就为我存下了一笔巨大的财富,也正是这笔财富让我顺利通过了面试。

那一刻,我泪流满面。

陪　考

○王贺明

　　高考,可以说能改变考生一生的命运,家长和考生都非常重视。每个参加高考的学生考试那几天都有亲人陪同着,有的是一个人,有的甚至是全家人。

　　父亲每当看到别人的父亲陪着孩子参加高考时,非常羡慕。他对我们兄弟四人说:"你们一定要好好学习,给我争个面子,高考时无论再忙,我也陪着你们,等你们都考上大学时,我会好好地庆祝一下。"

　　可惜我的三个哥哥都不是上大学的料,二哥三哥勉强上到初中毕业。大哥上到高二,因故退学。他把唯一的希望寄托在我的身上,但是我高中未毕业就当兵去了。

　　父亲这一辈子没有陪考的机会了,父亲很失望。他经常说,这是他一生中唯一的遗憾。

　　当堂哥高考时,大伯生病不能去,父亲主动陪着堂哥参加高考。七月的天毒辣地热,父亲不怕炎热,一直在考场外面等着堂哥,等堂哥考试结束,父亲马上迎上去问:"考得怎么样?"然后把堂哥带到最好的饭馆吃饭,还给他买各种营养品,堂哥很感动地说:"叔,我考不上大学最对不起的人就是你呀。"其实父亲感觉陪侄子参加高考也算了却了他的一个心愿,虽说不是他的亲生儿子。

我当兵后,给父亲写信说:"爸爸,我想考军校。"父亲一听非常高兴,经常写信鼓励我要好好学习,争取考上军校。

我在新疆边防当兵,离河南老家有几千公里。当兵第三年,我写信告诉父亲,过几天就要参加军校招生考试了,让父亲别操心,我会考好的。

就在我要考试的前一天,连队通讯员告诉我说:"你家里来人了,你到车站去接吧。"我一听,有点纳闷:不可能呀!家里来人会提前给我打招呼,会是谁呢?我带着疑问到车站一看,出乎我的意料,原来是父亲,我惊讶地问:"爸爸,您怎么来了?"父亲笑着说:"你要参加考试了,我不放心,想来陪你考试。"我听父亲说完这些话,心里一酸,眼泪流了下来。从河南到新疆,要坐几天的火车,父亲的腿不好,走路一瘸一拐的,我难以想象父亲这一路吃了多少苦受了多少罪。我问:"这么远的路,您是怎么来的?"父亲笑着说:"我按照你写信的地址,一路上问,途中还坐错了几次车。"我说:"离家这么远,您没有必要来。"父亲说:"我心里始终放心不下。"我说:"军校考试,是部队统一组织,统一食宿,封闭式管理,根本不让地方人到考场附近的,您来也没有用。"父亲说:"那我就待在外面吧。"我劝父亲说:"你住在宾馆里,好好休息一下,坐这么远的火车,你也很累了。"父亲说:"没事,我待在你们管理区的外面也行。"我看劝说不了父亲,就随他便吧。父亲多次叮嘱我说:"考试时,心里不要慌,要沉住气。"

考试完毕后,我看到父亲眼睛红红的,没有一点精神,我猜想这几天他没有睡好觉,一直牵挂着我。父亲在连队住了一晚,第二天就要回家,我让他多住上几天,在新疆各地看一看,因为来一趟新疆太不容易了。父亲拒绝说:"家里事情太多了,离不开我,你母亲身体不好,我怎么也待不下去。"我无论怎么劝,父亲坚决要走,我没有办法,只好让他走。

一只鸡蛋的温暖

当军校录取通知书到来时,我写信告诉了父亲。后来,我听母亲说,父亲非常高兴地说:"我这一趟没有白去,陪考陪得值。"从来不迷信的父亲,在来新疆之前,专门到奶奶的坟前,烧了很多纸钱。父亲说:"娘,求您保佑我陪您孙子考上军校吧,如果考上军校,我会给您寄钱花。"

父亲遵守自己的诺言,经常到奶奶的坟前给奶奶烧纸钱,无论刮风还是下雨,从不间断,有时他生病,也会拖着病体去。

六一是个儿童节

○顾振威

六岁的儿子扑闪着水灵灵的大眼,甜甜地问我,六一儿童节就要到了,我这次月考考了个全班第二,你能带我去青岛旅游吗?

六一儿童节就要到了?我心中一热,颤着声说,别说是去青岛,就是到天涯海角,我也会领着你去。

儿子兴奋得跳了起来。我让儿子坐在沙发上,打开记忆的闸门,给他讲了我过的第一个六一儿童节。

二十二年前,我在郸城一高上高中。在一个赤日炎炎的中午,父亲一脸汗水地跑到学校,拉着我出了校门。时值麦收,如果没有大事,父亲一定不会走三十里路来学校找我。我忐忑不安地问父亲家里究竟出了什么事,父亲嘿嘿一笑说,你今年已经十六岁了,不是个小孩子了,我真对不起你啊。

为供我上学,父亲在北地种了半亩地的菜。为了卖个好价钱,父亲带着干馍,拉着板车,卖菜到过一百多里外的沈丘,九十里外的鹿邑,八十里外的淮阳。虽然家境贫寒,父母节衣缩食,但是我吃得好,穿得暖,也没因贫困而辍学,父亲什么时候对不起我了?

父亲把我领到一家鸡肉烩面馆,颤抖着手掏出一沓一毛、两毛的票子,小心翼翼地数出两块钱,让老板下了碗烩面。我让父亲吃,父亲摇了摇头说,今天是你的节日,不给你过节,我会吃不好饭,睡不好觉。我跑几十里地就是给你过节的,你快吃吧。

今天怎么是我的节日呢?我不解地问。

早晨起来我到东地去看麦熟了没有,碰到了村小的顾老师。顾老师说今天是六月一日,六月一日是儿童的节日。听了顾老师的话,我的心疼得像针扎一样,像火烧一样。没有文化真可怕啊,直到你十六岁了我才知道有个儿童节。你说我知道春节知道元宵节知道清明节知道中秋节知道你的生日,咋不知道还有个儿童节呢?我从没给你过过儿童节,我这个做父亲的真不合格啊。

父亲的眼圈红红的,他内疚地低下了头。

我刚吃完烩面,父亲就羞报地说,今天上午,卖针线的小贩去了咱庄,我给你买了个小玩具,是淮阳的泥泥狗,你装在兜里吧。

我今年十六岁了,早已不是儿童了。

在我眼里你永远都是儿童,我永远都给你过儿童节。

接过泥泥狗,我眼含热泪,盯着我的面朝黄土背朝天的父亲。他还不到六十岁,头发已经半白了,脸上是沟沟壑壑般的皱纹,双手满是硬茧——为了我,为了捉襟见肘的家,父亲真是累弯了腰身,操碎了一颗心啊。

今天下午就该割东地的麦了,你好好上学,我回去了。父亲说着就大步流星地向远处走去……

光阴荏苒,如今我也做了父亲。像天下父亲一样,我挺起脊梁,支撑起家的天空。

苦过,累过,疲劳过,忧伤过,好想与父亲坐在一起,把酒临风话桑麻。

父亲你说过的,在你面前我永远都是个孩子,你永远都给我过儿童节。今年的儿童节就要到了,你为何不给我过儿童节了?淮阳庙会人山人海,香火很盛,你咋不给我买泥泥狗了?

父亲这辈子太劳累了,他静静地躺在村子北边的柏树下面,他是永远也不会回答我的问题了啊!

一只鸡蛋的温暖

云在青天

○高　薇

　　云的床和我的床对着,中间只隔了一步远。

　　高三那年,我们除了学习之外原本平静的心开始泛起波澜。一天晚上,云忽然爬到我床上说:"快毕业了,你打算往哪儿报考?"

　　我说:"还没想好。"其实我和陈东早已约好,一起报考北京那所向往已久的名牌学校。

　　"大家都说,你和陈东报一所学校呢。"云那双闪亮的大眼忽闪着,虽然是在黑夜里,我也看出一丝狡黠。

　　"净瞎说,没影的事。"我笑笑,装作若无其事。

　　陈东是我们班长,又是体育健将。我和陈东暗地里好是从高二开始的,我们约好将来上同一所大学,这些陈东绝不会说出去。很显然云是瞎猜的,我不会上她的当。

　　那晚我从外面回来时,云已经睡了。我怕影响她们,没洗刷,就悄悄上了床。刚才在操场边的合欢树下陈东第一次吻了我,陈东唇上的温热还留在我发烫的脸上,这巨大的幸福使我在黑暗中翻来覆去睡不着。

　　第二天早上,我还在睡梦中就听到云的喊声:"我的钱呢,我五十元钱丢了!"

我抬头诧异地望着云,云愤愤的目光正好从床那边射过来落在我脸上。我问道:"怎么了云? 钱丢了?"

　　"是的,是的,咱们宿舍里出了贼!"云这时不再看我,双手从床头拿起枕头又使劲地扔回去。

　　宿舍里几名女生几乎全聚拢过来,七嘴八舌地议论着,有的说:"查查看,说不定能找出来!"

　　话音未落就遭到反驳声:"也没记号,怎么找啊?"

　　有个女生干脆骂起来:"谁偷了去给她娘买药,要不就是买孝帽子戴!"这话真管用,向大家表示了自己的清白。

　　突然又有个女生冒出一句:"昨晚谁回来得最晚?"

　　"是我,我回来晚。"一听这话我很气愤——回来晚怎么了?

　　目光一起落在我脸上,我感到极不自在,我说:"我回来就上床睡了。怕影响大家,连洗刷也没有。"我心里没鬼,我说得理直气壮。我不想用恶毒的骂声来显示自己的清白,我瞧不起那个女生,觉得那样太粗俗。

　　云的声音从人缝里掷过来:"谁偷了谁心里清楚!"

　　高考前的那段时间,我心情糟糕透了。云经常在宿舍里摔摔打打,冷嘲热讽。大家有时候三五成群地凑在一起叽叽喳喳,但只要我过来,就立刻噤了声。我总感觉有一些冷冷的目光射在后背上,我为此愤怒沮丧。而陈东呢,说忙于学习,也几乎不再和我联系。

　　那段时间父亲突然去世,奔完丧回来两周就高考了。成绩出来时,我吓了一跳,平时在班里排十几名的同学也比我考得好,我上了外地一所师范院校,而云和陈东都上了北京的名牌大学。四年里我和云还有陈东一直没联系,后来听说云毕业不久就做了陈东的妻子。而我毕业后没回家乡,留在当地当了一名中学老师,不久和一个宽厚温和的外科医生结了婚。

再和陈东相见已是七八年后,陈东说是来这里出差。那天下午的阳光很好,刮着习习的风。我说:"陈东,怎么不和云一起来玩?"

　　陈东刚还挂着微笑的脸突然阴下来:"她,已经去世了。"

　　"啊,怎么会呢? 什么时候的事?"我感到很吃惊。

　　"肺癌,三个月前。临死前她抓住我的手不放,她说她不能把这秘密带进棺材里,一定要我替她向你道歉。当年那五十元钱她根本就没丢,她还说对不起我们俩……"

　　"这……"我怔怔地站在那里,一时说不出话来。

　　"云,你说我那时多傻啊!"陈东站在树影里,透过树叶的阳光斑斑驳驳地照在他脸上,他略带忧郁的目光望着我,眉心皱起一个疙瘩。

　　"别说了,陈东……"我别过头去,不争气的眼泪涌出来,跌落到地上。

　　一阵铃声响起,是老公打来的:"老婆,我安排好了,你和陈东过来吧,给他接接风。"

　　我抹了一把脸,抬头对陈东说:"咱们走吧,他说给你接风。"

　　陈东没吱声,跟在我的背后走。

　　这时,我看见远处的青天上,挂着一朵朵白白的云。

心里很美很快乐

○于心亮

　　张满干活儿的工地，离家不算太远，逢年过节、春播秋收，都能争取回家一趟。屋里屋外忙活完了，张满就待在爸妈的坟头旁，悄声说会儿话。起初，张满是会掉一些泪的，后来就不掉了，嘴里默默咬着草根，说，爸妈，我和我弟好着呢，你们别记挂着，放心啊！

　　弟弟张仓读大学，在挺远的地方，很少回家。有时候张满想念张仓，就打电话说，弟弟，你咋不回家一趟，让爸妈看看你啊？张仓就在电话里沉默，说，哥，爸妈都死了，我回去有啥意思啊？张满想说，你回家可以看看我啊。可是张满张张口，没有说。

　　张满是个泥瓦匠，成天和泥水打交道，挺辛苦，但到了月尾，老板会开工钱，所以张满很满足。一拿到工钱，他就跑到银行往弟弟的卡上打钱，剩下的钱，张满就存起来，张满对未来有许多的想法……将来用钱的地方，多着呢！

　　张满每次给弟弟打钱，打的都不是太多，他想让弟弟知道赚钱的不容易，只有懂得了，将来踏入社会，才会知道珍惜生活。不过也有例外，比如到了弟弟的生日，张满就会给卡上多打两百元钱，然后在电话里祝弟弟生日快乐！弟弟也会说，哥，也祝你生日快乐！

　　张满和张仓是脚前脚后的双胞胎，不同的是，弟弟当上了大学生，哥哥却当上了泥瓦匠。张仓上大学前,跪在爸妈坟前磕了三个响头,然后又给张满磕了一个,说,哥,我知道你是故意让着我的。张满就憨憨地笑着说,没那回事。你是看小说看多了吧。

张仓很少跟张满描述大学里的生活,张满也从来不问,只是说钱省着点花,不要跟别人比富,知道吗?张仓总是嗯嗯地听着,有时候,听着张满温暖的叮嘱,忍不住就会哽咽。每当此时,张满心里就充满着酸楚,老弟,爸妈不在了,我不照顾你,谁照顾你呀!所以许多时候,张满心里都充满无穷的力量,他舍不得吃,舍不得花,一门心思帮弟弟念完大学,将来还要帮着弟弟买房……张满的心里充满对未来无限的向往和神圣感,张满虽然每天很累,但感觉,还是快乐的!

看不到弟弟,张满心里很想念,终于有一天,张满决定去看看弟弟,看看弟弟的大学,看看弟弟读书读得好不好。于是他跟老板请了假,快乐地理了发,换了新衣裳,揣了一些钱,就去看弟弟了。想着弟弟突然看到哥哥来看他,是不是要美得飞上天?

大学校园很美,可弟弟不在教室里,也不在寝室里,张满找了个遍也没找到弟弟。弟弟哪里去了呢?难道逃课了?难道泡网吧了?难道恋爱去了?难道……张满想了无数个“难道”,想得头疼,也没想到弟弟会去哪里,张满心里就填满了疑惑,开始烦躁。

天黑的时候,张满看见了张仓,他快乐地喊弟弟!张仓愣了一下,梦游一般说,哥,你怎么来了?张满开心地说,我来看看你啊。你干啥去了?让我等了好半天。张仓神色仓皇了一下,说,我……我自习去了。哥你饿了吧?我们吃饭去!张仓在前面飞快地走,张满跟在后边,脸上的笑容渐渐消失。出了校门口,张满停住脚,看着张仓说,弟弟,你这么急着带我出来,是不是嫌我这个农民工给你丢脸了啊?弟弟张仓就愣住了,说,哥,你……你怎么会这样想呢?

张满冷着脸说弟弟,我辛辛苦苦供你念大学,你觉得容易吗?张仓脸色暗了一下,抬起头说,哥,我知道你很辛苦,我每天也都过得很累,每次收到你打来的钱,我都在想如何回报你的恩情,所以课余时间,我都出去打工,只有这样,我才感觉平衡一点。

张满沉默了,他拍了拍张仓的肩膀,温暖地笑着说弟弟,这次我来就是要告诉你,亲兄弟明算账,我现在给你的钱,将来是要还的。我这样做,你不会生哥的气吧?张仓听了就长吁了一口气,说,这是真的吗?哥。

张满说,嗯!

张满依旧是每天出工干活儿,泥里来水里去很辛苦。每个月尾,老板发了工钱,张满还是第一时间跑银行给弟弟打钱。然后在电话里说,弟弟,你想吃啥就吃啥,想买啥就买啥,读书费脑,千万别亏待自己,反正钱我是借给你的,你不用觉得愧疚。

放下电话,张满也想犒劳一下自己,就买一只烧鸡,再买一瓶啤酒,悠然自得地啃一口烧鸡,喝一口啤酒,望着远方的白云,想着弟弟在电话里轻松快乐的声音,这个时候,张满就感觉心里很美,很快乐。

"五一"是几号

○安　勇

爹一共来过我的学校两次,两次都让我丢尽了脸面。

第一次,爹送我报到,走到学校门口,突然停下来,把行李从左边的肩膀换到右边,咳嗽一声,冲地上重重地吐一口痰,用他山里人的嗓门儿冲我吼道,老丫头,给爹念念,这木牌子上写的啥玩意儿? 我看见好多道含义复杂的目光,全都落在我和爹的身上,好像我们是怪物。这些目光烤得我脸红心跳,我跺跺脚,没理爹,逃似的跑进了校园里。

爹根本没发现我已经不高兴,迈着大步,咚咚咚地从后面追上来。走向宿舍的一路上,爹非常兴奋,只要遇到人,不管人家理没理他,他都扯着嗓门儿,用手指着身边的我,自豪地说我是他的老丫头,考上了这个大学。还说,我从小就是学习的材料。最后,我实在忍不住,带着怨气喊了一声爹。爹却不以为然,在宿舍里,对同学们又介绍了我一遍。然后,爹卷一支旱烟,心满意足地吸两口,又补充道,俺家老丫头是个要强的孩子,这回小家伙有了大出息!

爹第二次来是在一年前,像现在一样,正是五一节前夕。同宿舍的姐妹们都在说"黄金周"的假期,计划着去哪里旅游。爹没有敲门,咣当一声推开宿舍门就闯了进来,惹得姐妹们顿时一阵惊呼,慌作一团——天气热,她们都穿得很少。爹一点儿也没意识到,一进门就喊

准备结婚那阵子,我总憋着一句话想说给母亲:我不要你给我陪什么嫁妆,把我交的工资给我一部分就行了。还能期望她给我什么陪嫁?

"凌娃,今晚不走了,和妈说说话。"母亲第一次主动让我晚上留下来。她又有什么事?会不会要求我结婚后还得给她交钱?我就闷坐着不吭声。"这是你这几年交的钱,"她递给我一个手帕,"妈给我娃保管着,怕你大手大脚胡花。"那一刻,我不知道自己的脸是什么颜色。"你马上就有家了,妈再不多事了,过日子要细水长流……"

嫁妆,母亲给我陪得很好,好得让我的那些姐妹们眼红,这么穷的家还那么争气!母亲也说了,好女不在嫁妆多,但不能叫婆家看不起。

冬日暖暖的太阳下,我给母亲捶背,我大着胆子问,妈,你啥时能从钱眼里钻出来?

母亲笑了,嗔怒道,你们都不缺钱了,妈也就不爱钱了。

钱眼里的母亲!

想起母亲的唠叨

○张亚凌

　　母亲因中风身体不便,几乎经年累月躺在老家的炕上,我请了几次,她也不来城里,说乡下"散坦",说"金窝银窝不如自己的穷窝"。我知道,母亲只是不愿意她的不方便给我的生活带来不方便。

　　想起母亲,就想起母亲在我耳边的唠叨——

　　记得小时候,我贪玩,一得空就想跑出去"疯"。母亲总揪住我的小辫子,训斥"娃娃勤,爱死人;娃娃懒,狗都嫌"。

　　慢慢地,我就学着勤快了。于是,不论走到哪里,都能收获一身赞赏的目光,走到哪里,也都是阳光般的好心情。

　　开始上学了,一个班六十多个娃娃,我长得黑黑瘦瘦塌鼻梁,小眼睛就像谁不小心抠出的两道缝儿,头发黄黄疏疏如枯草。因丑陋而自卑,因自卑开始逃学。一天,我正心不在焉地写字,母亲在一旁做针线活,她递给我两块布,一块是密密瓷瓷的黑缎子,一块是能看见蓝天白云的白纱布。"哪块布好?"母亲似乎在问我,又像自语,"黑缎子胜过白绫子!"她看着我说:"娃呀,黑点丑点怕啥? 总比'绣花枕头一包草'强,记住,咱黑缎子要胜过白绫子!"

　　母亲说我是一块"黑缎子",我也就认定自己是块"黑缎子",走出了自卑的阴影,一路走来,也真胜过了许多"白绫子"。

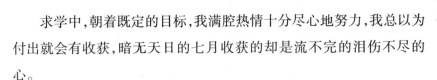

求学中，朝着既定的目标，我满腔热情十分尽心地努力，我总以为付出就会有收获，暗无天日的七月收获的却是流不完的泪伤不尽的心。

那段日子，我很悲观，因悲观而懈怠，在懈怠中敷衍生活敷衍自己。母亲说："娃呀，米下到锅外就不下了？要吃饭就得再下米。就像我和你大种地，庄稼不收年年种，你不能和天计较和地计较，只能和自己计较……"

如豆的煤油灯下，母亲作为一个农妇唠叨着整天围着转的锅台和田地，却说得我面红耳赤。想起母亲的话，我就不再浮躁，也就踩稳了脚下每一步。

工作了，生活中与人交往便可能产生摩擦，有时便将烦恼说给母亲。她经常只是不掺和一言一语地静静地听。只有一次，在我讲到"吃亏、沾光"时，母亲打断了我的话。她说"亏把人吃不死，光把人沾不富"，还说"能沾你的光可见你还有光能叫人沾上，你穷到骨头上谁能沾你"。最后，还训斥了我一顿，说什么"人就是那样，善财难舍"，让我以后不要再说什么吃亏沾光之类的混账话。

以后，我再也没有在母亲面前谈吃亏沾光的事，事实上，我真的把它看淡了。

……

母亲的唠叨还很多，多得……多得像阳光，时时洒在我身上，我几乎是沐浴着母亲的唠叨一路走来。母亲的唠叨使我眼前身后铺满了赞赏的目光和话语，终身受益。

来自天国的小雪花

○积雪草

今天下雪了。

大片大片的雪花,仿佛来自天国的福音,悄无声息地落到这个世界上,瞬间幻化成一粒小水珠,像一滴晶莹剔透的泪珠。

我趴在窗前,看一只小麻雀在窗外光秃秃的枝丫上跳舞,一会儿上,一会儿下,寒风把它的羽毛吹皱了,可是它却浑然不觉。

今天早晨,隔壁病房那个九岁的女孩走了,听说她和我得的是一样的病。她很瘦,很苍白,很快乐,她说长大了要嫁给我,可是还不到一个星期,她就走了,再也不回来了。

她的妈妈像疯了一样,呼天抢地,可能整个大楼里的人都听到了吧!她妈妈发出的声音,仿佛撕裂般的疼痛,让人听了,心里发紧。

我想喝水,却忽然发现妈妈不见了,我下床,四处找,看到妈妈躲在走廊拐角的地方,偷偷地用纸巾擦眼泪。

我一直以为,妈妈是这个世界上最坚强最能干的人,无坚不摧,她的胸膛最宽广,她的怀抱最温暖,所有的难题到了她手里都会迎刃而解,可是今天妈妈哭了,哭得很伤心。妈妈可能是想到我了吧?我心中有些难受,我不能带给妈妈快乐,却带给她无比的忧伤。如果,我也像那个女孩一样,去了很远、很远的地方,将来谁来照顾妈妈呢?

这个问题让我无比纠结,我不知道谁能照顾我的妈妈,在我走后。

没事的时候,我喜欢在床上玩手机。那天,我随手拨了一个号码,然后对着电话说:"爸爸,你怎么这么久不回家?我想你了。"电话那端,一个男人愣怔了一下,然后回我:"孩子,你认错人了。"

挂了电话,我吐了一下舌头,心兀自有些跳,打电话骚扰人家,还恶作剧般叫了一个陌生的男人"爸爸",我还是第一次干这种蠢事。妈妈说,我的爸爸出差去了,其实我知道,我没有爸爸,我出生没几天,我的爸爸就去世了。妈妈怕我自卑,所以对我撒了谎。

我第二次给那个陌生的男人打电话,那个男人有些不耐烦,他说:"我都说了,我没有孩子,我还没有结婚,你一定是记错电话号码了。"放下电话,我有些抑郁,我想找个爸爸,看来这事挺难。

我第三次给那个陌生的男人打电话,不等他开口,我赶紧说:"爸爸,我生病了,住在医院里,你能来看看我吗?我想你。"电话那端犹豫了一下,然后问我住在哪家医院几号病房,我一一地答了。

妈妈出去给我买了好多水果,头发上、睫毛上、大衣上还顶着好多小雪花儿,我赶紧把手机藏到枕头底下,抱怨道:"天那么冷,你出去干吗啊?冻感冒了怎么办?谁陪我?"我皱着眉头,假装很不耐烦,其实我是怕妈妈问我刚才给谁打电话了,我不想告诉她。

隔天,天晴了,阳光照射在雪地上,反射出耀眼的光。我倚在床头,等待吃药,打针,化疗,等待的间隙,我拿出手机准备给那个陌生的爸爸打电话,谁知这工夫,病房的门开了,那个陌生的男人和妈妈一起进来了。

他坐在病床边,摸着我的头,有些拘谨地说:"儿子,听说你病了,我从外地赶回来看看你。你看看我给你带什么来了?"他手里拿了一个硕大的塑料袋,里面装满了各种书,童话书,漫画书,故事书……

那些书,我在学校旁边的书店里都看到过,我非常喜欢,好多次都

想跟妈妈要钱买,可是家里只有妈妈一个人在赚钱养家,所以我一直没敢开口。

我跟妈妈说:"你先出去,我跟爸爸说几句话。"妈妈摸了摸我的头,然后转身出去了。

其实,这个陌生的男人我认识,他在我们学校旁边开了一家书店,人长得老帅了,更重要的是心眼好,同学们去买书,他从来都是和颜悦色、童叟无欺,大家都很喜欢他。

我想了一下,对他说:"我生病了,好的概率不大,这个世界上,我最不放心的就是我的妈妈,她看上去很坚强,其实她的内心很柔软,需要人照顾,我想来想去,觉得你人好,想让你当我的爸爸,替我照顾我妈妈,可以吗?你考虑一下,别急着答复我。"

男人想了一下说:"儿子,我答应你的要求,不过你也要答应我一件事儿,你一定要快点好起来,你妈妈可以没有我,但却不能没有你。"

是啊!妈妈不能没有我,可是我还有选择吗?这是我在这个世界上最后的心愿,他答应我了,他答应替我照顾我妈妈,我很开心。可是不知为什么,我的眼角会有泪流出来。

我不错眼地看着窗外,一朵一朵的小雪花儿,晶莹剔透,漫天飞舞。模糊中,我听见妈妈跟人道歉:"孩子不懂事,瞎胡闹,随意拨了一个电话号码,想不到你就中奖了,给你添麻烦了。"妈妈当然不知道真实的情况,这是我心中的秘密,我就是希望我走了,她能过得好一点,别太伤心。那个开书店的叔叔说:"你儿子很乖很懂事,我会常来照顾你们母子的。"

我咧开嘴笑了,这是冬天以来,我听到的,最温暖最开心的话。

雪花来过这世界,可是雪花在哪里?它们都被温暖融化了,雪花没有了,但是雪花的确来过这世界,我也是被这世界的温暖融化了吧!

父亲的推荐信

○郑小玲

朋友大专毕业回到城里，开始四处找工作。他运气好，一回来就遇到一家待遇高工作环境好的公司正在招聘。他一得知这个消息就赶紧跑去报了名。虽然要求大专文凭就可以，但是当他报了名出来和别的应聘者一交谈，他就失望了。别的应聘者至少是本科文凭，他一个大专生，要脱颖而出，除非太阳从西边出来。

回到家里，父亲见他愁眉苦脸，一言不发，便问他，怎么了？那家公司不要你吗？他说，不是！去报名参加应聘的人大都是本科以上文凭，我肯定没希望了！父亲听了笑着说，怎么会没有希望呢？告诉你，我跟这个公司的老总有一面之缘，还在一起吃过饭……他听了不由一喜，连忙说，爸，你怎么不早说？那你就去找老总说说情，让他给我一个工作吧！父亲说，我会帮你说情，只是你还是得去参加笔试和面试。你好好笔试，等面试的时候，我给你一封信，你带去交给老总。老总见了我的信，你就能顺利通过了！他听了很高兴。

第二天，他信心百倍地去参加笔试。笔试的内容并不很难，他做得得心应手。而那些本科生，倒做得一脸苦相。因为笔试的内容与学校所学内容并不相关，这给其他应试者造成了不小的心理压力。而他知道父亲与公司老总有交情，考得很轻松。

下午,他跑到公司大门口看成绩。他居然排在第二,有机会参加面试。他回家高兴地对父亲说,爸,我名列第二,有机会参加面试。你写好信了吗?父亲听了高兴地对他说,孩子,你放心,明天一早我一定给你一封信!

第二天一早,父亲拿出一封信,对他说,这是我给老总的亲笔信,到面试的时候,你就交给他,他就不会为难你了!他兴奋地从父亲手中接过信,高兴地出了门。

当轮到他面试的时候,他拿出父亲给他的那封信,镇定自若地走进老总的办公室。老总对他说,您好,请坐!他说,老板,您好!这是我父亲给您的信!他说着就走上前,恭恭敬敬地把信递到老总面前。老总一愣,接过信,拆开看一眼,就笑着对他说,很好,我们开始吧。他听了也很高兴,看来父亲的信有作用啊!老总问了他几个问题。因为有父亲的信,他发挥得特别好。结果他顺利通过面试,可以到公司报到上班。

他回到家,兴奋地对父亲说,爸,你的信太管用了!老总看了你的信对我很有好感,只向我提了几个问题,就让我明天去公司上班!

父亲听了就笑了起来。

他又对父亲说,爸,以后我上班了,你也要经常跟老总打打招呼,让他多多关照我!

父亲听了又笑起来。他问道,爸,你笑什么?

父亲笑着对他说,孩子,其实,我根本就不认识那个老总!我一个普通老百姓,怎么可能认识一个有钱的老板呢?

他听了不由一惊,问,爸,那你的信是怎么回事?父亲笑着告诉他,我只不过是为了给你打气,增加你的自信而已。那封信只写了一句话:请相信我的儿子,他真的很棒!

他听了又是一惊,继而也笑了,说,爸,你真行啊!

给你留一口

○雷小军

　　过了中秋，白日便愈来愈短，每次下班后去父亲那里，都是伴着暮色。有时候带点儿吃的，有时候就是去看看。可是父亲很开心，坐下来，会像一个孩子般悄声给我讲些很平常的事情。然后，就是很诚恳地留我吃饭。父亲做的饭相当简单。每次，都是清汤面条，几根青菜。我留下时，父亲会很大方地再加两个鸡蛋。

　　最初的记忆里，我四五岁，父亲是村里的会计，每次从村部开会回来，会悄悄把我叫到一边，一脸神秘地说，妞儿，过来，爸给你捎回来了体己，嘿嘿。说着从怀里摸出一个还热乎着的包子或是油条，我欢快地接过来，香甜地吃着。在当时的农村，这是过节的时候才能吃到的美食。有时候哥姐会眼巴巴地看着我，但因我是妹妹，都不敢与我相争。童年的我，在父亲那一点儿近于偏向的溺爱中，幸福得如同一位公主。

　　后来，父亲不再做会计，我也失去了那样的优待，可是父亲每次从地里干完农活回来，总会给我捎回来一些吃食，有时是红红的柿子，有时是脆脆的酸枣，有时是叫不上名的野果，有时甚至是几个可爱的圆圆的鹌鹑蛋……从父亲宽大的沾满泥土的手掌里接过这些东西时，我总是雀跃的。父亲看我喜欢，给我烤过整只的麻雀，炒过肥嘟嘟的蛐蛐,烧过木材里面剥出的木花……那些特有的味道,至今想起仍会回味良久。听邻居奶奶说,别看你爸话少,心很柔的,年轻时,即使在地里干活时拾到一颗花生,也不舍得吃,装口袋里捎回来给你妈呢。

家里做豆腐后,父母忙到半夜是常事。很多次,半夜里惺忪醒来,满屋的豆腐香气里,会看到父亲还在暗黄的灯光里添火,风葫芦呜呜地响着,炉火一亮一亮,冬天的夜很冷,父亲在蒸汽缭绕的房间里用力晃着盛满豆汁的吊担,吱吱呀呀,吱吱呀呀,细细腻腻的豆浆便从吊担里哗啦啦地流进炉火上面大号的铁锅里,烧开了,再起到大缸里面,点豆乳,一下一下,轻声和母亲商量着火候,至豆乳凝结成块,再起到撑着豆腐单子的木板做的方格里,压上大个儿的石头,压豆腐。有时候看我醒来,父亲会从炉膛里掏出一块烤红薯,吹吹拍拍地送到我的手中。烤红薯很暖和,香气四溢,我双手握住,躲在暖暖的被窝里香甜地吃。

老家的房屋有限,我在家的十几年,住的,大多是墙角。哪个墙角腾出来了,便塞上我的小床,然后在床头摆上废弃的缝纫机,便是我的书桌了。很多最初的文字,就是坐在床头趴在缝纫机上就着昏暗的灯光写的。那时母亲疼我,说小军爱看书,把灯泡换成瓦数大的吧。父亲便买来了亮些的电灯,而他们的床头,是昏至十瓦的小灯泡。时隔多年,我仍能想起夜里去父母床边,看到他们偎在一起,在昏黄的灯光下,听收音机里放的戏,拿出一个苹果,一人一半乐呵呵地吃。偶尔也叫我坐下来,再慷慨地给我拿个大个儿的,我们便围在床头边吃边打纸牌。父亲常是寡言的,母亲话却多,还时常赖牌,然牌技不佳,时常被我和父亲打败,便赚得好几个鼻刮子。

到离家二里的镇上读初中后,家里饭菜的及时成了头等大事,但因为农活的忙碌,父母总是到暮色深沉才会归家,于是晚饭我就常在学校用馒头对付。每天晚自习结束后披着满身的星光归家,无论多晚,炉子上总热有我的饭菜。有时候父亲帮邻居干活了,人家端来饺子、卤面等好吃的饭菜,他从来不舍得吃,也放在炉子上热着,等我放学了吃。

一天下午课外活动,我和同学们正在校园追逐嬉戏,有人叫:小军,有个老头儿找你!我回过头,看到父亲笑盈盈地站在那里,一脸不合时宜的神秘:妞儿,过来,看爸给你捎来了啥!同学们哄笑着跑开了,我尴尬地挪到他面前——阳光很烈,父亲戴着一顶破旧的草帽,站在阳光里微微地喘息着,满脸细密的汗珠。身上的尘土还没有来得及拍去,腰里别着一把磨亮的锈钝的镰刀,双手沾满了青草汁——土气的父亲,怪不得别人叫他老头儿!我心里暗道。他沾满草汁的大手又伸向怀里,掏出一个塑料袋,嘿嘿地笑着:妞儿,我在割草时捡到了五毛钱,寻思着离学校不远,就给你买来了肉包子……背后有男同学嬉笑着说,呵呵,妞儿,吃包子……我真恨不得地上立即出现一条缝,脸憋得通红,推开父亲手中的胖胖的软软的肉包子,匆匆说了一句"我不饿,你快走吧",就赶快低头跑开了。父亲脸上的笑容凝固了,一个人站在那里怔怔地愣了好一会儿。到他蹒跚离去,我的心里才稍稍轻松了些。

此后,父亲再也没有去学校给我送过吃的。我竟从心底略略舒了口气。后来听母亲说,那天父亲是一边放牛一边割草的,为给我送包子,把牛托付给同去的小张,可是小张玩扑克入了迷,牛吃了人家的庄稼也不知道,父亲归来后,牛已被庄稼的主人牵走了,谦卑的父亲好不容易打听到人家的住处,说了好多的道歉的话才讨回牛来。晚上回家后,也不多说话,颤颤地将肉包子放下,凝视了好久,才叹口气,唉,闺女大了……

大了的我与父亲渐渐有了一层莫名的距离,我们的话少了。有了心事,也只是和母亲偷偷谈谈。有时候,会感到父亲远远地凝望我,若我目光不经意间迎上去，父亲便立刻做错事般将眼睛移开了。每每这时，我的心，就生生地痛。

时光飘忽，数年过去，在与黄土地绿庄稼的耳鬓厮磨中，父亲的举手投足间都凝满了泥土的气息，脊背弯了，头发白了，用一种无法拒绝的姿态，在我们目光中一天天老去。母亲已然早逝。我近而立。父亲从怀中掏食物时脸上神秘的亲昵，与我甜甜的期待，也远远地消逝到记忆深处了。

如今，父亲执意一个人生活，饭菜总是简单得索然寡味。每次去看望他，我总很香甜地吃他做的饭菜，哪怕一点儿都不饿。看我吃得香，父亲便会很自豪自己的厨艺，笑容里满脸的沟壑写满慈爱，便会将自己碗中的饭菜再扒一些给我。我笑笑，端起碗来吃得一点儿不剩。因为我知道，父亲为女儿留的那口饭，永远，都是最香的。

父亲一直期待的生活

○韩昌盛

父亲有很多种期待。

比如当兵时他期待成为军官,退伍后期待安排工作,种完地练练字期待有人赏识。但都没有成功。父亲说,这不算什么,其实我最想成为一名读书人。

这是有理由的,他经常指着手掌上那条深深的纹告诉我,李集的大师相过的,指定要摸笔杆子吃饭。所以家里有了不少书,他在太阳下看;所以我唯一一次被打是小学一年级某一个很好的天气放学后,他发现我书包里装了些与读书无关的东西,便拿着笤帚追着我打。一边打,一边说,我还指望你读书出息呢。

我便成了父亲的期待,上小学,读初中,考大学。父亲笑眯眯的,坐在田头,蹲在门前,吃着烟。他捡起土块,很用力地写着,读书。这是我成年前比较稳定的印象,然后照例是一句很坚决的话,读吧,念到哪儿,供到哪儿。

可惜我分配时回到了家乡,父亲在跑了若干可能的单位后说,你还是教书吧,教书好!他的语气很坚定。

那年的阳光毒辣辣的。父亲比较固定的工作是早晨骑着自行车去找一两个可能有门路的战友或同学,傍晚回来喝过一大瓢凉水后,和妈一起给我讲当教师的好,风不打头雨不打脸,课上说的都是正经事。母亲最后还会补充一句,你爷过去一直想当,就是没那个命。

父亲的奔跑有了结果,一年后我分进了一所乡村中学。他嘱咐我好好干,要多看书,还将家里的书都抱出来。我说那不能看,都是《杨家将》《呼延庆》什么的,对教书没用。父亲涨红了脸,怎么没用?都是文化人编的。

但父亲不愿到我的学校来,他很快知道我的身份没转——代课教师。他总是推辞,他总是用忧郁的眼光看着我,家里有地粮食多,尽管回家带,葱蒜辣椒都有。他原本不习惯一次说这么多的话。

偶尔来过两次。那是我很长时间没有回家他估摸着面应该吃完时,骑着自行车载着一大口袋的面吃力地送来,搬下,放好。很短地坐一会,看看我的孩子,看看我的书柜。多读书,吸完烟后他便认真地说,会有用的,就走了。走在校园里的父亲很高大,他推着自行车一边看着,一边走着。

大多是我回家,父亲就慢慢地说,说一些让我静心的古例或新闻,让我感觉生活阳光在前。一般是我懒散地听。当我提起缺了几个月的工资,同事讲一些闲话啦,心绪一直都有些低落。父亲便讪讪的,应该快了,教书时间不短了!忙着抱口袋,忙着扎紧,我说我弄,我是大人了。父亲不理我,狠狠地系绳子,催促母亲拔青菜一并带回去。站在老屋的门前,我发现我是永远的孩子,一点也没长大。

后来转正了,是考试解决。知道分数的那天我告诉他通过了,母亲说他破例地没干活,看电视,看书,找出一支陈旧的笔写字。我回去,他和我喝酒,大口大口地喝,说当老师好啊。一刹那,我醉了,无可救药地醉了,四年的代课生活有酸辛有艰难也有甜蜜,怎么让我和父亲有了同样的感受。

偶尔也还来,照例是一大口袋的面,一小袋给我女儿的零食。然

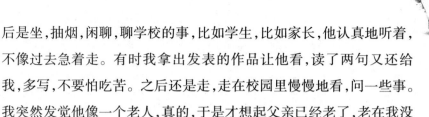

后是坐,抽烟,闲聊,聊学校的事,比如学生,比如家长,他认真地听着,不像过去急着走。有时我拿出发表的作品让他看,读了两句又还给我,多写,不要怕吃苦。之后还是走,走在校园里慢慢地看,问一些事。我突然发觉他像一个老人,真的,于是才想起父亲已经老了,老在我没有察觉的岁月,一天一天积攒起来迸发。

于是妹妹打电话来时我很诧异,父亲打工了,跟着三爷在工地上提泥兜。我决定阻止,父亲说,不碍事,锻炼身体。匆忙地吃饭,匆忙地出门,说后面人家摩托车等着,不能误了点。只留下我和母亲,慢慢地吃。母亲说天天早晨很早起来吃饭去上工,中午十二点准时到家吃了就走,晚上六点回来,吃过就上床,腰疼。正说着父亲突然回来了,说忘换膏药了。便去掀枕头,两大盒的膏药,还有几张报纸。父亲又出去后母亲便絮絮叨叨,那报纸上有你写的作文,他天天晚上看,说咱祖辈种地人家终于有人耍笔杆子了。

我走了。大路上,一个三十岁的教师飞快地蹬着自行车,我突然知道我平凡的生活正是父亲的希望,是他一直期待着的,是他在村庄中行走的动力。因为父亲说,读书好啊!

后妈不好

○韩昌盛

后妈不好。

莫小白是在二楼的扶手上发现这一行字的。蓝色的粉笔字,稚气得很,长长的,像是在大字本上写出的字。

莫小白开始没有在意。往上走时,在墙壁上又发现了这四个字,字体肯定是同一个人,只是更长了一些。其中"好"这个字中的一横被拽了很长,仿佛很多话都在里面。莫小白怔了一会儿,直到雨晴推他,走啊。

莫叔叔就带着雨晴到了屋里,见到钢琴老师。回去时,莫小白又看到那两行字,一行在扶手上,一行在墙上,蓝得刺眼。

莫小白忙完了工作,就想是一个什么样的孩子写的。当然,他想得更多的是后妈真的不好吗？后妈为什么不好？是后妈真的不好还是孩子想得太多。莫小白不能不想,妻子产后大出血一撒手走了,丢下他和云云。现在很多人要给他介绍对象,南京的有,老家的也有,他正在犹豫。看到粉笔字,犹豫不由自主加深了。

于是,送雨晴去学琴时,他又看到那粉笔字,依然清晰,而且还有描过的痕迹。莫小白依然怔了怔。他想起妻子走前说的唯一一句话,带好云云。他的手被妻子握着,不能动弹。妻子的目光很复杂,烧人,直盯着他。他只能点头,必须点头,他当然要带好云云。雨晴推他,他笑笑,往二楼去。

下楼时,莫小白掏出粉笔,在句号上加了一下,句号就变成了问号。莫小白仔细看过钢琴班的女生,看不出谁在忧郁或者伤痛。他曾经想问老师,提醒老师注意哪个孩子反常进行疏导。只是没有开口,毕竟和老师不熟。

莫小白晚上就给云云打电话。云云说考试考了 97 分,老师奖了一个笔记本。云云问,什么时候回家?爷爷奶奶还有她本人都想他了。莫小白温暖地笑,快了,过年就回家。

快过年,比较忙。同事也忙,所以莫小白又送雨晴去学钢琴。莫小白看到那个问号还在,后面加了一个字"嗯"。那个心字底长长的,一不小心就要飞过扶手。莫小白认真地加上一个"?",莫小白很好奇,那个孩子一定天天看着这两行字,到底是哪一个呢?六个学琴的女孩都安安静静的,眼在琴上,心也在琴上。

莫小白又加了一个"?"。他判断,那个女孩肯定要回答。果然,再来时,莫小白看到了一个高高的,骄傲的"!"。好像根本不需要理由,好像一开始就明白是真理何必再苦苦询问。感叹号被重重地描了几遍,很粗,很蓝,很刺眼。

莫小白问雨晴看见了没有?八岁的雨晴很不以为然,早就看见了,乱写乱画。莫小白小心翼翼地看着粉笔字,声音缓缓的,是谁写着玩的吧?雨晴并不赞成,后妈就是不好,我们班上同学都说。你们还讨论这问题?雨晴得意地甩甩辫子,当然,连后爸也讨论过。莫小白马上敏感起来,装作随意的样子问,后爸怎么样?雨晴接过谱子,丢下一句,那还用问吗?

莫小白知道,雨晴并没有接受他。莫小白怔了很长时间。

当然,三十岁的莫小白继续送女同事的女儿雨晴学琴。当然,他继续看见那两行粉笔字。问号还在,感叹号更加清晰。莫小白没有理由不加上一行字:后妈也是妈,有妈的心灵才会开出明亮的花。

写字时,莫小白没有和以前一样注意邻居会不会看到。这次是理直气壮,莫小白甚至想到班里问一问,后妈为什么不好? 你用心去接受了吗? 粉笔字很有力量,方方正正的,留在红色的扶手上、白白的墙上。莫小白把粉笔装进口袋,开始打电话。

云云很乖,说了一圈子好,爷爷身体好,奶奶脾气好,自己学习好。莫小白听到一次好就温暖一下,当温暖炙烤着他时,他被一种东西推着,慢慢地问云云,赵阿姨带去的毛衣好不好。云云没有说话,莫小白吓了一跳。云云又说了一个好,莫小白的声音朗润起来,那是赵阿姨给你织的,花了一个月呢。云云说知道,赵阿姨还教我织手套呢。

云云的声音长满了绒毛,在阳光下一纤一毫地动,朦朦胧胧的。莫小白很高兴,又让爹接电话,爹说是个好孩子,经常来,云云很喜欢。娘也说是个过日子的人,板板正正的。

莫小白准备回家。回家之前又送雨晴学琴。雨晴看到粉笔字时,停下,莫叔叔,以后不送我学琴了吗? 莫小白拍拍她肩膀,还送。雨晴指指粉笔字,我知道是谁写的,是王静雯。莫小白看到墙上又添了一行字:可是妈妈为什么要离开呢? 字是规规矩矩的,一点也不夸张。莫小白想说,因为妈妈去了森林,采鲜花还没回来。莫小白想说,因为你是个好孩子,上帝奖励你两个妈妈来疼你。但是,莫小白什么也没说,见到钢琴老师,签了字,说,老师,我想和你说件事。

莫小白很吃惊,王静雯是老师的女儿,老师是后妈。莫小白有些窘,老师说,我知道,她写字,还有你。莫小白看见那个叫王静雯的女孩,坐在钢琴前,手指按下去,流水的声音就出来了。

莫小白下楼时,在上面加了一行字:妈妈从来没有离开。莫小白写得很认真,老师的话一直在他耳边,我不期望她叫我妈,但我会一直爱她。

　　莫小白请女同事吃饭,还有老师。莫小白说我要回家了,准备结婚。雨晴喝了一大杯啤酒,努力微笑着。老师的目光一跳一跳的,还期待着你和孩子精彩的对话呢。

　　莫小白和赵玲对话。赵玲是他高中同学,自从妻子去世后,一直在等他,一直在关心一个叫云云的女孩儿。

　　莫小白说,我们结婚吧,云云需要妈妈。

　　电话那头,飘过来几缕抽泣声,柔柔的,甜甜的。

后妈不好

一盘棋的寂寞等待

○宁　子

　　大学毕业后,犹豫了好几天,他还是告诉父亲,他想去上海或广州这样的大城市闯一闯。比起发展相对缓慢的北方这个中等城市来说,毕竟,那样的大都市机会要多一些。而他,也对外面的世界有太多向往,觉得生活了这些年的城市太小,已经放不下他的梦想。

　　父亲沉思片刻,问他,是否下定了决心?

　　他点点头。

　　那就去吧。父亲笑笑,拍拍他的肩。是父亲习惯的支持和鼓励他时的动作。

　　就这样他去了南方,先是上海,然后广州,最后到了深圳,离家越来越远。

　　大都市机会的确多一些,但竞争也更加激烈。他很刻苦,努力坚持,为事业打拼,出去三年,一次都没有回过家。

　　起初也常常在忙碌之余惦记父亲。他毕业那年,父亲刚好退休,母亲已于数年前因病去世,他这一走,家里只剩下父亲一个人了。最初的犹豫,也是怕自己走了之后父亲会孤单。

　　好在,父亲把生活安置得不错。每次他打电话回去,父亲不是在老年活动中心和老友打扑克,就是在打门球,还迷上了书法,甚至有一

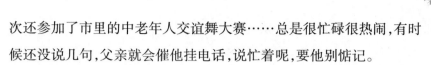

次还参加了市里的中老年人交谊舞大赛……总是很忙碌很热闹,有时候还没说几句,父亲就会催他挂电话,说忙着呢,要他别惦记。

如此,他也就放下心来,一心扑在事业上。三年后,终于在深圳一家不错的公司站稳了脚跟。

春节,他终于可以放松一下,回家过年了。

早早订好了机票,把要回去的消息告诉父亲。父亲并不显得特别激动和欣喜,问他回来住几天,说年后市里还有个书法比赛,不一定有时间陪他哦……

他笑,觉得退休后独自生活的父亲,日子过得比他还热闹。

除夕,他回到了家。父亲早已经把家里收拾得干净整洁,准备好丰盛饭菜。

他带了好酒,父子俩聊得尽兴。他聊他这些年打拼的经历——当然,只说成功的。而父亲,也滔滔不绝地描述他无限热闹的老年生活……聊着喝着,不觉两人都有了醉意。

吃完年夜饭,父亲显得有些疲倦,坐在电视机前打瞌睡。他让父亲去睡,父亲不肯,后来竟然在沙发上睡着了。最后,他还是坚决把父亲扶进卧室,安顿父亲睡下。

他自己坐在电视机前,觉得索然无味,干脆也回房睡觉。

他的房间一切都没有变,好像还是他离开那天的样子。以前看书的桌子上,依然摆着曾经和父亲对弈的棋盘。

他笑笑,在桌前坐下来,忽然感觉有什么不对。眼前的棋盘上,俨然是一个走了一半的棋局。桌面很清洁,但灯光下的棋盘和棋子上,都落满了灰尘。

他拿起一枚棋子,棋子的灰尘沾到手上。猛然他的心不可抑制地紧紧收缩了一下。他想起来了,这是他离开家前和父亲下过的一局棋,当时因为他悔棋,父亲不肯,结果父子俩僵在那里。后来父亲说,先不下了,等他想好了再接着下。

然后他忙着离开,那盘棋,最终也没有下完。只是他没有想到,三年后,这盘没有下完的棋竟然还好好地摆在那里,任凭上面落满灰尘,父亲也不舍得收拾。

那一刻,醍醐灌顶般,他看到了父亲生活的真相——父亲是孤单寂寞的。那些缤纷热闹,那些忙碌喧嚣,不过是为了让他在外面安心所制造的假象。父亲不是爱热闹的人,母亲走后,父亲把所有精力和情感都放在了他身上。甚至口口声声说要参加书法比赛的父亲,都不曾在家里备下笔墨……

窗外,新年的钟声已经敲响,他的眼泪一滴滴落在棋盘上。

他在那一刻做出决定,过完年他不走了,以后再也不走了。不管外面的世界多么大,他都不再离开父亲,不再离开家。对于他来说,人生的各种机遇会有很多次,可是父亲,只有一个。他要留下来好好地陪父亲下完这盘棋。

用一辈子的时间。

窄屋里的爱

○马孝军

我上小学三年级的时候,不怕大家笑话,我家的屋子很小。

那时候,姐姐读高一,我这个老姐大我八岁。由于屋子狭窄,我便和姐姐同睡一张床。上高中了的姐给了我极大的不方便。姐给我不方便的原因,是她干扰了我的正常睡眠时间。高中的作息时间与小学不同,每天才六点钟的时候,姐就起床了,她的响动常常把我从正做着的美梦中拉醒。还有晚上,尤其是冬天的夜晚,我已经睡熟了,姐学习完钻进被窝,我经常被她冰醒来而彻夜难眠。姐影响了我的正常睡眠,白天上课的时候,我就老爱打瞌睡,有回,我被老师罚扫了一个星期的地。被老师罚了,姐再影响我,我就气不打一处来,我冲姐说:"你上床能不能轻点儿呀,你是水牛吗?每次,你都把我弄醒了,你知不知道呀!"面对我的一阵抢白,我看见姐喉头里咕噜咕噜地动了一下,然后她说:"妹妹,姐影响了你,真对不起,姐给你赔礼行吗?""算啦。"我想姐姐也不是故意的,唉,谁叫咱家的屋子这么窄呢?!

第二年春天的时候,我去给工地上的父亲送衣服。父亲正在打砖,看着那码得像小山似的砖,我不禁冲动地对父亲说:"爸爸,盖房子吧,给我和姐盖间大房子吧,你知道吗,我们作息时间不一样,很不方便呢。"父亲看我一眼,他粗糙的大手摩挲着我的头,我听见他喃喃自语地说："咱们家,是……是该盖房子了,真的是太狭窄了啊!""马上盖最好!"我给父亲说。父亲一声长叹:"妮子,你以为盖房子是搭积木呀!"我不懂事地说:"这里好多的砖呀,随便拉一车去也要盖一大间呢。""这些都是老板的。"父亲说。我感到有点儿绝望,父亲又一摸我的头说:"爸爸努力吧,争取明年把新房给你们盖上,让你们住进敞亮的新房。"

我的希望寄托在来年里,我在梦中都想好了如何设计我的新房。

姐高二下学期的时候,我想父亲该盖新房了吧。

一天放学,我看见父亲的褡裢已经搭在屋子外面的歪柳树上了,我想,父亲是回来做盖屋子的打算吧,我好高兴!

但很快我就失望了,我在屋子外面听到父亲给正在学习的姐说:"妮子,委屈你了,你妈妈大前年去世,我欠下了一屁股的债现在都还没还清,想给你们盖个新屋子都不可能,你委屈点儿啊,上床的时候尽量轻些,再轻些,你妹子还小哩,童年的瞌睡宝贵啊。"

我看见姐连连地点头,还听见她说:"爸爸,我已经注意这个问题了,我每次上床都小心翼翼的,我生怕惊动一只蚂蚁呢。"

"好闺女。"我看见爸爸眼角闪着泪。

新房梦破灭了,我只期望姐姐上床的时候真的如她所说生怕惊动一只蚂蚁,唉,该死的瞌睡呀,该死的童年瞌睡呀,怎么老是睡不够呢?!

自父亲给姐说过后,我便再没有被姐惊动过一次了。我安然地入睡,每晚都做着我的美梦。那时候正是武打电视剧非常流行的时候。说起武打电视剧中的轻功,我便想起了姐。我对我的同伴们说,谁的轻功也没我姐的好! 同伴们说我吹牛不打草稿。我就给他们说:你们信不信? 我姐和我同睡一床,她上床的那个声音,可称得上是不落一丝声响,踏雪无痕。

同伴们不相信，就去歪着头问刚下学的姐，姐对他们一笑说：别听她胡扯，我哪儿会轻功呀，我要会轻功，我教你们个个都是武林高手个个都能飞檐走壁。

说话间，姐的高三就要结束了，在离高考时间只有两个月的时候，姐得了神经衰弱症。

老师给姐做工作：心理要放松，以你的成绩，考上重点没问题。

爸给姐做工作：娃，考不上没问题，咱家几辈人都没出过有功名的人，到了你这一辈，退一万步说，不出也无所谓，你千万别把自己给弄疯了啊！

姐的同学们来给姐做工作：考不上没关系，大不了咱们约着一起下广东打工。

但姐的精神还是止不住地崩溃，她整个人从早到晚神情恍惚，有时候喊她吃饭，她好半天都反应不出吃饭这个概念来。

姐姐傻了，我想。

父亲带姐去看了医生。

父亲回来，我便见父亲在墙角一根又一根地抽闷烟。他抽一阵，然后就使劲地抓自己头发一把，像要把那头发扯下来似的。

我问父亲姐姐怎么了。

父亲抬起头，我分明看见父亲的眼里蓄满了泪，父亲给我说，他对不起姐姐，如果他有能耐，他不应该给姐说"让她轻些再轻些"的混账话。

父亲说完，就不停地捋我的头，一边捋，一边就把姐精神恍惚的原因告诉了我：你姐为了不惊扰你，为了让童年的你能做好梦，她一年多来都是趴在学习的桌子上睡觉。

包工头父亲

○马孝军

其实我不是个很浑的孩子,可我,可我却遇到了那么一个蛮横不讲理的父亲,哎,怎么说呢,一言难尽!

先说高二那年的事吧。

"你个狗日的,你又到哪里野去了?"我放学,只要稍微回家晚一点,父亲就黑丧着脸骂我。

我想申辩,其实我没到哪里去,我的课余生活,要么就是到老师家请教问题去了,要么就是到同学家共同学习去了,再远一点,就是在书店里耽搁上了。

"爹,我,我……"我想向父亲说出回家晚的理由。可父亲却懒得理我,朝我大手一挥:"还不去学习,你的那些个理由,那些个冠冕堂皇的理由,都不是理由的理由,鬼才知道你干什么去了呢!"

我抹一把泪,心里充满了怨恨,这个父亲,这个蛮横不讲理的野蛮父亲!

"你小子,你得给老子记住,你的任务,就是学习,学习,再学习,考不取是你的事,考取了供不起是老子的事,只要你考取了,老子砸锅卖铁,甚至卖血都要供你。"我在灯下学习,眼睛想打个忽愣什么的,父亲就瞅个准,一连声地教训我。

望着他那倒背双手像座山样冷峻的背,我大气也不敢出,这个父亲,这个冷漠得几近无情的父亲,他竟连丝毫放松的机会也不给我!

在充满责骂和冷漠中,一年就过去了。

这年过去的第二年,也就是高三上学期假期中,我被父亲拽进了他的建筑队。

一百斤,不,应该是有两百斤吧,如山重的砖压在我的背上,压得我气都喘不出来,爬那楼梯,摇摇晃晃,眼前直冒金星。

"你小子,知道是啥滋味了吧。"爹替我挪了挪肩。

"知道了。"我几乎哭了。

"知道就好,知道活儿不好干,就得好好读书。"爹说完,就只顾背起手指挥他的建筑队去了,从他那昂扬的背影看,他很满意这种教育方法。

挨,挨,好不容易挨过这个假期,我获大赦似的重新回到了课堂。

回到课堂的我,马虎眼也不敢一个,一门子心思全扑在了学习上。说个不怕你笑话的事,有个女生向我偷偷寄出了表示好感的信,我都毫不犹豫拒绝了,尽管我对她也是有着好感的。

这年高考,我以优异成绩考上了北京一所重点大学。

拿到通知书那天,我将通知书扔给了父亲。

"你儿子压根就没浑过。"我没好气地对他说,今天,我总算可以理直气壮地反驳他了,一泄往日之恨了。

"考取了! 考取了!"父亲颓然坐倒,然后喃喃自语地说:"小子,你狗日的,恨上你爹了。"

我懒得理他,这种爹,这种蛮横无理、冷漠无情的爹,气气他也好,让他改改性子,不要再像对付我一样对付我下面的几个弟妹。

秋风秋雨,我打点行装,准备奔赴我所考取的那所大学。蛮横不讲理的爹送我,送了一程又一程。

"爹,你就回去吧。"我对蛮横不讲理的爹说,毕竟是爹呀。

"爹有话想对你说,爹想向你道个歉。"在我快踏上车的时候,蛮横不讲理的爹欲言又止。

"有什么你就说吧。"我打住脚步,呵,一向自视很高永远都认为自己是最对的爹竟有向人道歉的时候,得好好地听了。

"儿子,爹是个粗人,脾气暴,不经意的,就伤了你。其实这些都不是主要的,主要的,是你的那些老表们接二连三考取了这样那样的大学。爹急呀,爹怎能在这个事上输给你的那些姑父舅父呢,让他们指着我的后背说,喏,你别看刘红五(父亲的名字)头脑活络当上了包工头,活得像模像样,可他却养了一群猪——爹丢不起这个人呀,于是就不分青红皂白乱责人了,甚至还罚你去做苦力!"

哦,原来如此呀,父亲也真不容易的,他活得像模像样,他也要他的子女不给他丢脸啊!

我眼泪一涌,我原谅了父亲!

那个春雨绵绵的下午

○秋　风

开学没多长时间,许多人还穿着过年的新衣裳,但雪却不再下了。天常阴着,也搞不清究竟下雨了没有。下也下得很小,有些像雾的味道。所以雨来雨去时的脚步声就常轻得让人听不到。

父亲就是踩着那样的脚步在寒风里一路问到我们教室旁的。

那时,我们正在教室里上课,就突然听到一个洪亮的声音在门外响起:"毛蛋在这哒(这里)没有?"

全班人的目光刷地聚焦到门口,门早被一张脸挤开一条缝了。在那一霎,我只觉一股热血呼地涌上我的脑顶,我的脸哗地红了。这时,一阵阵轻蔑的笑声早抑制不住地在教室里响起。这也难怪:那乡巴佬……也实在有点太可笑了!他光秃秃地穿件油腻腻的破棉袄,扣子全掉了,只用根藤条系着,裸露着一大片胸膛和脖颈……裤脚上,粘着风干的牛屎……他,刚出现在门缝的一霎,我就认出来了……

老师来到门口。老师指缝里夹着粉笔说:"老人家,我们班没有叫毛蛋的。你下课再来吧。"

老师闭上门又讲课了。但教室里的骚动却更加严重了。同学们都互相取笑说:"看,你爹给你送馍来了。"我的头虽一直低着,但凭直觉我还是意识到那个人正把脸像一张纸似的贴在窗玻璃上朝里看着。

—{ 171 }—

我感觉我脸红得都快冒火了……果然，他瞅见我了。他的样子，像站在自家炕头，只顾大声嚷着："毛蛋毛蛋快出来……"

同学们轰一声笑了。我却仍装得没事人的样儿，不吭气。老师便有点生气的样子，推门出去说："嚷什么嚷你？正上课……去去去……下课了再来找……"

我几乎是跟在老师的屁股后面跑出教室的。我当然听见了父亲那一声声"毛蛋"的呼叫，但我却没回头，只急匆匆地朝大门外走去。终于，在校门外一个墙旮旯我停住了。父亲好久才赶了上来。但我却背对着他，父亲就背靠着墙角，嗤一声擦着墙蹲了下去。我在心里说："真不讲卫生。"嘴里却气得什么也说不出来。

好半天我没说什么。我当然一直保持着一个相当完美的站姿。尽管如此，我也不忘得空提一提衣领、抿一抿头发。这么一直站了好久，我的肚子还是气得鼓一样，便没好气说："你怎么来了？"我家离学校三十多里，父亲还从没到学校来过。听我的口气，父亲怯生生说："耽误你的学习了？"我只偏偏头，什么也没说。

父亲说："我到镇派出所去了。"父亲说着，顺手打开一个布包，包里有两块红薯，父亲说："你吃红薯。"我还是有点气，说："我不吃。"父亲便笑说："红薯甜得很……在派出所，那个警察问我你包里装的什么，抱得那么紧？我说是红薯。他说甜不？我说你尝一个。他便拣了个大的，吃了连说好。我说好吃再吃一个。他说饱了。早上来的时候，我共装了三个，你吃。"

父亲说着笑着，我的心却一阵阵颤抖。家里那点粮食，大多让我带走。我一日两餐，虽说也常半饥半饱，毕竟吃的粮食。可怜父亲出趟远门，带的干粮竟是红薯！想着，我说："你上镇派出所干啥了？"

父亲的脸色阴沉下去。父亲轻轻叹了一口气说："唉，德宝家又挪咱的地界了。"

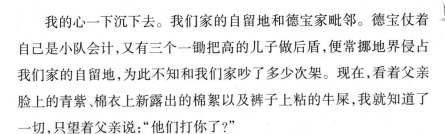

我的心一下沉下去。我们家的自留地和德宝家毗邻。德宝仗着自己是小队会计，又有三个一锄把高的儿子做后盾，便常挪地界侵占我们家的自留地，为此不知和我们家吵了多少次架。现在，看着父亲脸上的青紫、棉衣上新露出的棉絮以及裤子上粘的牛屎，我就知道了一切，只望着父亲说："他们打你了？"

父亲凄惨地笑了笑。父亲说："我已经告到派出所了，警察说一有空就下来处理……"

不知什么时间下起了雨。雨水已淋湿了我的头发，我只一任它在脸上泛滥也不去擦一把。我深情地看着父亲。原来，他一直像座山，庇护着我；我却一直像只鸡雏，生活在他的翅膀下。但在那一霎，我却什么也说不出，只轻轻地叫了一声："爹……"

父亲似乎蹲在那里歇足了力气。父亲笑笑说："爹难得来镇上一趟，顺便看看你。地里还有活，爹回啦。这两个红薯，你留下。"我不要，说："爹，你一天没吃饭了，留下路上吃吧。"爹说："你是娃娃，正长身子骨，要多吃，听话……"说罢，转身向雨里走去了。

手里拿着那两个红薯，在雨里站着，突然，我听见有人喊我："张志鹏，你在那儿干什么？"我说："送我爹。"

九十九只小熊一份爱

○李子琪

　　明天就是季童颜十二岁生日了。在她的记忆里,漂亮的礼物收到不少,可就是没有收到过比她矮一点的毛绒小熊。

　　童颜在健身房里踢打着沙袋,嘴里不停地抱怨:"这几年过的生日真没意思,我一直都想要个毛绒小熊,可妈妈根本就不了解我,每次买的礼物从来都没让我高兴过!"

　　自从"熊先生"走后,她的脾气就老走极端。

　　"叮咚——"门铃响了,童颜急忙跑去开门,是邮递员。

　　"请问你是季童颜小朋友吗?"

　　"是,我就是。"

　　"这是李先生寄给你的东西,请在这里签个名。"

　　童颜的好奇心是由一万个好奇因子组成的,她不管李先生是谁,签了名,急忙打开那个袋子,里面是二十个精致的小熊发卡、二十包巧克力小熊奶糖。真的很奇怪,她从没有和姓李的人打过交道,这个李先生到底是谁? 会不会是寄错了? 当她回头时才发现邮递员已经走了。

　　第二天清晨,童颜又被门铃声叫醒。"对不起,打扰你了,这是李先生寄给你的,请签名。"又是李先生,童颜感觉有些奇怪,不管是谁,她还是毫不犹豫地签了名,打开盒子,里面有十六个服饰不同、形态各异的手机链小布熊,还有三十张漂亮、可爱的小熊大头贴。里面还有一张字条:请选择一张你喜欢的大头贴,下次把它交给邮递员,顺祝你生日快乐。——李先生。

这次童颜真的傻眼了,她看着这些小熊大头贴直发呆。最后她还是选择了一只自己最喜欢的棕色小熊,戴着帽,穿着背带裤,非常可爱。

童颜从屋里跑出来问妈妈,为自己买的生日礼物是什么。妈妈神秘地回答:"一个你非常喜欢的玩具。"会是大毛绒熊吗? 童颜真的很期待这个比自己矮一点的毛绒熊。

"不过这个礼物要等到明天!"妈妈的声音还没落。门铃又一次响了。

邮递员手里拎着一个大大的蛋糕,童颜这次更高兴了,一边接过蛋糕,一边将自己选好的大头贴交给邮递员。嘴里不停地说"谢谢"。

打开蛋糕盖,童颜简直惊呆了,精美的蛋糕上镶嵌着形态各异的小小熊。品尝着美味的蛋糕,欣赏着满屋的小熊,童颜感到自己是世界上最幸福的人。

由于兴奋,童颜早上五点就起床了,站在大门口等待邮递员,以至于看了一场日出,也没等到。正当她准备回家时,一阵刹车声叫住了她。

"童颜小朋友,你的生日礼物。"邮递员大声喊。

是一个毛绒大熊,棕色的毛,戴着帽,穿着背带裤,正好是自己选择的大头贴。这时妈妈说:"孩子,清点一下所有的小熊,要认真数。"童颜回到房间清点了李先生这两天送给她的小熊,一共九十九只。

"想再有一只小熊吗?"

"是,妈妈。"童颜急忙点头。

"看,外面下雨了,去花枝巷口,你会看见我送你的生日礼物。"

雨中,她看到了一个高大的身躯,一张熟悉的面孔,那一瞬间,她扔下雨伞,扑向那个身影。那个身影正是童颜的爸爸。

"爸爸,你怎么在这里? 难道说,你就是妈妈送我的大熊?"

雨水淋湿了童颜的头发和衣服,她顾不上去擦,紧紧抱住爸爸,紧紧抱住这第一百个大熊,紧紧抱住她十二岁生日最珍贵的礼物。

"爸爸,你认识李先生吗? 他一直送我生日礼物。""认识。"爸爸微笑着。"他到底是谁?"童颜问。"他就是我,你的爸爸呀!""不对不对,李先生他姓李,而你姓季呀!"童颜天真地说。"为了防止身份暴露,给你个惊喜,就把季写成了李,不可以吗?"两个人都不说话了,开始回忆六年前那个下午,天也下着雨,童颜的爸爸和妈妈离婚了。童颜哭着喊着不要离开爸爸,但爸爸还是走了。而今天,爸爸又从雨中回来了。这时的童颜长大了,她一定要看住爸爸,不让爸爸再一次离开她。

雨中,爸爸背着童颜,跑向家,雨中传递着欢乐,传递着幸福,传递着九十九只熊所表达的一份爱。

看不见的包袱

○王明新

　　分别近十年,另外三个人终于被四号床一封情真意切的信所打动,四个人从不同的城市聚到了一起。大学四年,他们一直住同一个宿舍,也一直是形影不离的好朋友,直到毕业前夕发生了那件不愉快的事。毕业后他们再没联系过。

　　就要毕业的时候,一号床遭窃,一千五百块钱不翼而飞。一号床不想把事情闹大,大家毕竟亲兄弟一样朝夕相处了四年。一号床把另外三个同屋叫到一起,把自己丢钱的事说了,希望有人主动承认并把钱交出来,不管是谁,只要承认了,往后大家还是好同学、好兄弟。但三个人都坚决地摇了摇头。这让一号床有点生气,就把这事报告了学校。校方与除一号床之外的三个人分别谈了话,没有结果,然后就做出一个决定:如果没人承认,就扣压三个人的毕业证,直到事情水落石出。那时候,二号床已经被自己家乡的城市录取为公务员,三号床也在另一个城市找到了工作,他们都急着拿到毕业证去单位报到。一号床也打算回家乡发展,那一千五百块钱就是家里给他寄的路费。四号床家在本市,工作虽还没落实,但找工作也不能没有毕业证。二号床和三号床就找到四号床,让四号床承认钱是自己偷的,而那一千五百块钱则由二号床和三号床共同负担,这样大家就都可以拿到毕业证了。二号床和三号床还向四号床保证，他们决不让校方把这事透露给别的同学。四号床考虑再三后同意了，向校方承认了"错误"，并把由二号床和三号床凑起来的一千五百块钱交给了校方。之后，他们拿到毕业证就各奔前程了。

聚会地点是一家酒店。酒喝到半程，四号床突然泪流满面。他说快十年了，该还我一个清白了。这十年"小偷"的身份一直像个包袱，压得我喘不过气来，有时候夜里一觉醒来想起这事，我会一直睁着眼睛到天亮。

二号床和三号床面面相觑。二号床说，你怎么还记着这事？我早已经忘了。三号床也说，是呀，当时不是为了毕业证吗？谁也没真的把你当小偷。

四号床说，忘了？我怎么能忘得了呢？然后他讲了一个故事。

四号床是一名记者，每年都要去全国各地采访。有一次他去一个城市，那个城市是他们班同学最集中的地方，男女同学共有六人。没下火车他就给一个最要好的同学打电话，让他通知所有的同学大家聚一聚。他在酒店等了很久，最终只有一名女同学去了。开始他以为同学们忙没在意，就与那位女同学一起喝酒聊天。后来那个女同学问他，毕业的时候那"一念之差"是怎么发生的，并暗示，别的同学之所以没来，并不是因为忙，而是不想与一个"贼"共进晚餐——他"偷"同学钱的事当时并没保住秘密。从此以后，他每到一个城市出差，都希望见见同学，可一想到自己"小偷"的身份就没了勇气……故事讲完，四号床已是泣不成声。

二号床和三号床深感对不起四号床，可他们一时又不知道该怎么安慰他。就在这时，他们看见一号床也流泪了。一号床从座位上慢慢地站起来走到四号床跟前，拉起四号床紧紧地把他抱在怀里，哭得甚至比四号床还痛。

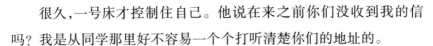

很久，一号床才控制住自己。他说在来之前你们没收到我的信吗？我是从同学那里好不容易一个个打听清楚你们的地址的。

二号床和三号床再次面面相觑，然后几乎异口同声说，没收到哇！

四号床突然想起来什么似的说，信？刚才我从报社出来的时候，传达室交给我一封信，因为开着车当时没顾得上看。说着，他从衣兜里掏出一封信，扯开信封取出信看起来。

信果然是一号床写的：……快十年了，这十年我一天也没安宁过。那件事像个沉重的包袱紧紧地压在我身上，越背越沉，我不想再背下去了。有时候做梦遇见你们，我都不敢看你们的眼睛……毕业后我乘上了回家的火车，后来想吸烟发现身上没带，就在行李中翻找。当我翻动袜子的时候，突然看见了那"失踪"的一千五百块钱，在那一瞬间，我大脑一片空白，懊悔得要死！后来我抓起手机打算给你们每个人都打个电话，告诉你们钱找到了，向你们说一声对不起；我还想给学校打个电话，说我丢钱只是个误会……可后来我又犹豫了，我不敢面对因为自己的过失给你们造成的伤害，我不想失去你们的友谊，甚至不想让那意外到手的一千五百块钱得而复失。简直就是魔鬼作祟，最终我放下了电话……以后的近十年中，我很多次都想把真相告诉你们，可时间越久我越不敢面对那个事实。上帝，让我去死吧，只有如此我才能得到解脱……

信从四号床手里传到二号床手里，又传到三号床手里，后来四个人就紧紧相拥在一起。

慢,医生和药物已退其次,主要靠病人坚持锻炼。那段时间我和弟弟与两个妹妹轮流照顾父亲,母亲身体一向不好,她没有能力单独照顾人。我礼拜五下午再晚也要回老家,下礼拜一凌晨搭车回单位,剩下的五天时间由弟弟和两个妹妹照顾,为的是节省弟弟的时间。尽管那以后父亲的费用我包下了,但是我知道弟弟已经钱囊倾尽,腾出时间也好让他创作。

弟弟夜以继日,辛勤创作,销路却成了问题。在义乌,弟弟的画由一位香港人专门营销,为了赚取大头赢利,香港人的销路是保密的。弟弟跟他失去了联系,新的客户又没时间谈,很快画作成堆,无法售出。再说一个小县城有几个人懂画,又有几个人购买跟衣食住行毫不沾边的画?弟弟苦恼。

那天我说,拿几幅你的画我看看,兴许能找到销路。

真的?弟弟很兴奋。

再说市级城市怎么也比县城市场大,懂画的人也多,兴许有门路。我说。

弟弟的画进步很大,很像模像样了,我不懂画,但也能看出点眉目。弟弟的画真的能很快出售出去?我也没有把握。可是我却对弟弟的画作大加褒奖,吹嘘说,行,没问题,我认识的老板中有人爱收藏。

弟弟问,你不是没有把握吗?

我说我又不懂画,但比我懂画的大有人在。

弟弟很兴奋,脸上露出了久违的笑容。

几天后我给弟弟打电话说,行啊,我把你的画给人看了,很多人有购买的意向,你好好画吧,推销不成问题,而且出价不菲。

弟弟替换我后回家,弟媳打电话说你弟弟简直疯了,没日没夜地画画。

放下电话,我长长舒了一口气。

那段时间，我一共拿走了弟弟十幅画作。

马上要春节了，我将卖画的钱一并数给弟弟。弟弟掂量着那沓钱，哽咽着说，这下好了，这下好了。

弟弟给父亲买了营养品，送我返回小城的路上又特意给我买了一条香烟。弟弟说，你深夜创作也不容易，拿去抽吧。

我怎么也推辞不掉，只好带上香烟。

在车站，我只跟弟弟挥了挥手便低下了头，因为两行滚烫的东西已湿了我的脸。

弟弟的那十幅画藏在我书柜里，我想等父亲能自理了再装裱，然后堂而皇之地挂出来。

父亲的酒

○欧阳明勇

父亲带着一身的酒气进屋时,我转身走进了房间,一言不发地躺在床上。说实话,我很讨厌这种十里八里也闻得到的酒香。

以前家里没有一个人喝酒,父亲也不喝,可最近他却经常喝得满身酒气回家。

前不久,我高考落榜了。尽管是意料中的事情,可我还是觉得很伤心,很沮丧,白天一言不发,晚上深度失眠。父亲安慰我:"不要紧。可以复习一年,明年再考一次嘛,范进考到五十多岁才中举的!"说完,很轻松地大笑起来。

我进屋收拾行李,说:"好,明年我去考。可如今我要去我哥那儿打工。"父亲火了,朝我吼:"打什么工!给老子读书……"然后把我关进了屋子。从那以后,父亲就开始跑到别人家喝酒,喝得满身酒气。父亲在方圆十里都有好人缘,大家都愿意把酒拿给他喝。父亲几乎喝遍了周边人家的酒时,就着手准备自己建个烤酒房。乡里四处都是稻谷和高粱,只要肯卖力气去收购,那些可是最好的酿酒材料。父亲开始担着扁担收购高粱,当他跑烂了四双解放鞋的时候,家里的粮仓已装不下这些粮食了。

父亲的烤酒房建了起来,我又进入学校开始复习了。

父亲的第一炉酒出锅时,味道出奇的好。那天,整个村子的上空弥漫着醇厚的酒香,请来的酿酒老师傅深深吸了一口气说:"我酿了几十年的酒,好像还没碰到这样纯正的酒。"连老太婆小孩子等一些不喝酒的人都迷迷醉醉地呼吸着这香味。四周喝酒的人闻到后,都来我家里看。其实他们是来喝酒的。父亲请他们尝了一口后,那些被烧酒烧得红红黑黑的脸庞马上绽开了笑容,他们深深吸了一口气,叹道:"好酒啊!"

父亲也说,我尝了周围的酒,就数这酒味儿正。想不到父亲喝了那么多酒,竟然喝出一手好技术来了。家里的人这才明白他喝酒是为了拜师学艺。

父亲第一炉酒蚀了本。因为味道很正,出的酒少,而且尝酒的人很多,都是一些亲戚朋友。母亲不高兴,可父亲却乐呵呵的,他相信烤酒挣钱还是有希望的。

在父亲固执地收购稻谷,把烧酒的买卖准备大张旗鼓地搞下去时,夏天到了。在那个焦虑的夏天里,我考取了一所师范院校,父亲知道后,用满是酒气的手拍了拍我的肩膀,说:"好样的! 好伢崽!"

父亲那些天干劲儿十足,总是笑呵呵的。我却一点也笑不起来,因为家里为我读书已举步维艰,面对几千块的学费,该借的地方都借了,还是凑不够。更为严重的是,父亲耕种的十亩稻田被一场洪水泡得几乎颗粒无收。

父亲开始东挪西借,却把钱都投进了烤烧酒的买卖里。他在原有烤酒房的基础上扩大了规模。在那个夏天,他在稻田里"双抢",忙得满头大汗;在烧酒房里,还是满头大汗,在蒸笼一样的房子里,整个人像被酒浸出来一样,散发着酒味儿。

有经验的人告诉父亲:"你烤酒时,烤的时间长一些,就多一些水,这样酒就多些,你就可以多卖一些钱了。"可父亲却不肯,说:"酒不能掺假,掺假了以后就没信用了,那生意还做得下去?"

在那两个月里,我们全家都在汗水和酒水中进进出出。忙碌的结果是父亲出了三炉酒。因为酒好,连镇上的酒家都来订购。

有一个酒家见父亲的酒好,做人又实在,答应了借两千块钱给我,并且说年底要还。我背起行囊踏上去求学的路时,父亲没有送我。走了许久,回过头来,我还听见父亲悠长的卖酒吆喝声。